目次

河出文庫

優しい暴力の時代

チョン・イヒョン
斎藤真理子 訳

河出書房新社

優しい暴力の時代

ミス・チョと亀と僕

起きていないできごとについて語るのが好きな人もいるのだろう。僕の場合はそうではない。僕はどんなできごとについても、話すのが好きじゃない。言葉は口から出した瞬間、空中に散ってしまう。まだ起きていないことは、僕の内側のいちばん奥にそっとしまっておきたい。それが永遠に起きないことだとしても。

＊

ここ何年かの僕の人生でいちばん劇的な事件は、シャクシャクと一緒に暮らすようになったことだろう。ベッドに寝て、シャクシャクの首すじを片手でゆっくりと撫でるとき、僕は世界とつながっていると感じる。かすかなつながりではあっても、それが断ち切られさえしなければいいんじゃないかと思う。

平日には出勤をする。職場は、「高級住居型シルバーコミュニティ」という対外的な名称と、金満老人の養老院という公然たる別名を持つ場所だ。この五年間、月曜日から金曜日まで朝八時半に出勤し、六時に退勤することを反復してきた。残業や超過勤務はなく、土曜日と日曜日は休みだ。もちろん残業手当も特別勤務手当もなく、月給は安い。三十年後に備えて積み立てをするには法外に安いが、毎月の公共料金を延滞するほどの破壊的な安さではない。僕はどうにか生きていく。こんな時代に、こんなふうに生きていけるだけでも悪くないと思う。最悪の事態を免れたことを、どうにか生きていると呼べるのであればの話だ。

制服を着ることの唯一の長所は、通勤するとき何を着てもかまわないことだろう。今朝、僕はシャクシャクに出かけるあいさつをして、コンバースのスニーカーに古着の革ジャンを合わせ、ブラックデニムをはいて家を出た。事務所にはミンギョンが先に出てきていた。ミンギョンは僕を見るとわざと視線をそらした。彼女は一か月前から僕を徹底的に透明人間扱いしているところだ。ああもうやってらんない、ほんとに疲れた、終わりにしようよと彼女が僕に別れを告げたあの日以来。

僕はミンギョンとは意見が違う。別れたからといって、何が何でも敵にならなきゃいけないわけではないだろう。しかもやむをえず同じ空間で勤務しなくてはならないとあっては、完全に関係を断ち切ることはできない。彼女がそっぽを向こうと向くまいと、そっちに向かって僕は短く目礼する。ミンギョンは露骨に顔をそむけた。更衣室に行って制服のワイシャツのボタンをはめながら、夜の間に入ってきたご要望リストをチェックした。今日の最初の予約はC棟の一二〇六号室となっている。また？というため息がひとりでに出てきた。

一二〇六号室には、はげ頭で小柄な、ぱっと見ても矍鑠(かくしゃく)たる気性の持ち主だとわかるおじいさんが一人で住んでいた。これは人物の固有性を説明するのに適した言い方ではない。この建物に住む高齢男性の約三分の二は、彼と似たりよったりの性格だから。彼は矍鑠としているだけでなく、せっかちで疑り深く、笑わなかった。この建物の老人のほとんどがそうだった。でも、あのおじいさんほど頻繁に職員を呼び出す人は多くない。彼はインターネットがつながらないとか、洗濯物の自動乾燥システムのリモコンが作動しないとかレパートリーを変えては担当者を呼びつける。入居者が申し立てる個室内の問題を解決するのが僕の主な業務だ。たいがいは、抜けていたコンピュータのLANケーブルを入れてあげたり、リモコンの電池を交換してあげれば解決されるのだった。

予約が午前九時になっているところから見て、彼はとにかくいちばん早い時間帯を押さえろと夜間サービスオペレーターにせっついたのだろう。がまんがきかないというのもまた、ここの入居者の大部分が備えている共通点だ。老いるとはこらえ性を失っていくことなのだという事実を、ここに来る前には知らなかった。職員用エレベーターは三十三階で止まったままびくともしない。この高層ビルで職員が使用できるエレベーターは一台だけなので、待ち時間はいつも長かった。入居者専用エレベーターが六台運行されているが、職員が乗ることはできない。入居者と乗り合わせると不快感を与える可能性があるという理由からだった。いつだったか、本部長が全体会議でその点について改めて注意を喚起したとき、僕は不快感という単語を嫌悪感という言葉に置き換えてみた。

ジャケットのポケットの中で携帯が何度か振動し、止まったのは、ゆっくりと降りていくエレベーターの表示をぼんやり見つめているときだった。不在着信一件。発信者は「ミス・チョ女史」だった。こんな時間に彼女が僕に電話してきたのは初めてだ。直感的に、変だと思った。エレベーターのドアが開いた。職員の制服を着たままビル内で通話することは厳しく禁じられている。僕は気になるのを抑えて「閉」のボタンを押した。

一二〇六号室の老人は、部屋に備えてあるテリーコットン素材のバスローブに汚れたパジャマのズボンという格好だった。ジムや専用ラウンジなどの共用スペースに降りてくるときは、室内であってもジャケットを着て革靴まではくが、個室で職員を迎えるときはほぼ寝巻き姿だというのもまた、ここの老人たちの共通点だった。彼らは、気を遣うべき特定の範囲から外れているとおぼしき対象の前では完全に無神経だった。

老人は部屋の中に入ろうとする僕にむかっていきなり怒鳴った。

便器が詰まってるんだ！

はい？

いったいどういう仕事をしてるんだ？　昨日の夜から小便もできなかったじゃないか！

申し訳ありません、会員様。

僕は職員マニュアルにのっとって、まずは深く頭を垂れた。申し訳ありませんという言葉が口癖になっているから、このぐらいは何ともない。

＊

ミス・チョ女史と僕の関係をどう説明すべきだろうか。

ミス・チョことチョ・ウンジャさんは、父の昔の恋人だった。正確に言うなら、彼と一緒に暮らした女性たちの中の一人だった。世の中に、死んだ父親の昔の女と連絡を取りつづけるたわけ者は多くないだろう。僕もそう思っていた。だがどういうわけか、僕らの間には何年か前から縁ができた。縁、というのがぴったりの、そんな関係だ。父親の女だったおばさんとそんな仲になることは可能かと問われたら、僕も知らなかったけど世の中にはかなりいろんな種類の人間関係があるもんなんだよね、と答えるしかないだろう。

彼女が僕に連絡してきたのは、フェイスブックを通してだった。

もしかして、黒石洞(フクソクドン)に住んでいたアン・ヒジュンさんじゃない？

「こんにちは」とか「失礼ですが」とか、「すみませんが」といった儀礼的なあいさつは抜きのメッセージだった。送り主は「Eun-ja,Cho」だった。チョ・ウンジャ――知らない名前だ。「子(ジャ)」のつく名前は、ある世代の女性にはよく見られるものだと思うが、僕の世代ではそうではない。正規の教育課程を終えるまでに、そういう名前を持つ子に会ったことはなかった。同じ名前の先生も記憶にない。先方が探しているアン・ヒジュンが僕でなきゃいけない理由はないという気がした。黒石洞はそんな、ちっぽけな町ではないはずだ。僕は返事をせず、やがてそのことを忘れた。

一か月後、またメッセージが来た。

黒石洞に住んでいたアン・ヒジュンさん？　クァク病院の前の、白鳥薬局の。

白鳥薬局という単語が出てきた以上、もう知らんぷりはできない。その時点ではまだ彼女が誰なのかわからなかったが、昔の同級生のお母さんが遅ればせながらインターネットに加入したのかな、という推測は可能だった。僕は、はい、そうですがという短い返事を送った。すぐに彼女が友だち申請をしてきた。彼女のページに入ってみると、写真が一枚あった。紅葉が盛りの山道で、登山服を着て笑っているその顔を見るや否や、彼女が誰だかわかった。

五歳のときに母さんが死んだ後、父さんはずっと女性とつきあっていた。不道徳だったとは思わない。彼は合法的に独身だったし、女性に目がくらんで子どもを放り出したりもしなかったから。多くの女性たちが父さんを好きだった。彼は、東欧の没落した貴族を連想させるような色白でけだるそうな容貌の持ち主で、職業も安定していたから、人気があるのは当然だったかもしれない。父さんの女性の趣味にはあんまり一貫性がなかったが、唯一の一貫性といえば、自分を敬い、尽くしてくれる女性でなければつきあわないという点だった。ミス・チョはそれにぴったりあてはまる女性だった。

彼女はもともと、若いころ父さんの薬局事務のアシスタントとして働いていたのだが、ある日自然に荷物を提げて父さんの家に入ってきた。彼女が父さんの家で過ごした期間は、僕が全寮制の高校に在学していた時期と重なる。そのころ僕は週末や長期休暇はおばあさんの家で過ごし、父さんの家には月に一度寄るだけだった。父さんの家に行くと彼女は、父さんと僕の夕ごはんをしたくしておいて、小さなビニールのバッグを小脇に抱えて門を出ていったものだ。町の銭湯にでも行くみたいな、身軽ないでたちだった。

ゆっくりお休み。私は里の妹の家に泊まるから。

「里」という言葉が毎回、引っかかった。里というのは、結婚した女性だけに使える表現ではないだろうか。正式な結婚もしていないのにそんな言い方をするのが、正夫人の息子として鼻についたわけではない。あの人が世間知らずで、本当にそう言うものだと勘違いしているのなら、後でどうなるだろうと心配だったのだ。

食べよう。

父さんがあごをしゃくって食卓を指し、彼と僕は特に何も話さず、向かい合って、ミス・チョが作っていってくれた料理を食べた。味をつけずにことこと煮込んだ鶏料理だった。彼女は、料理の腕はそこそこだったが気前はよかった。父さんと僕は鶏の脚を無駄に譲り合ったりする必要もなく、めいめい一羽ずつ鶏を食べればよかった。肉をむしりながら、父さんはぽつりぽつりと尋ねた。

元気でやってるか？

はい。

寮の食堂の飯は？　食えるか？

はい。

してもしなくてもいいような質問と答えだったが、それさえしょっちゅう途切れた。二人とも気まずかったからだろう。翌朝起きると、いつ帰ってきたのか彼女が台所でてきぱき動いている気配がした。献立は、昨日食べた鶏のスープで炊いたおかゆだった。三人で食べる食事は、父さんと二人で食べるのよりずっと楽だった。ミス・チョは質問をしない女性だった。質問する代わりに、一人言を言った。

すごく暑いって言ってたけど、それほどでもないね。ヒジュン、どんぐりのムク[どんぐりのでんぷんをゼリー状に固めた食品]食べてごらん。昔、うちの母さんがやってたやり方であえものにしてみたんだけど、あの味は出ないわ。市場で買ったどんぐり粉で作っても、ああはならないんだろうねえ。山にどんぐり拾いに行かないといけないかな。

別に誰かの返事を期待しているわけでもない話し方だった。すると僕も思わず、前にどんぐりを拾ったことがあってね、と言ってしまうことになる。父さんも、僕のいない食卓ではもうちょっと優しく彼女の話を聞いてあげてほしいと僕は願った。なぜか、そうでなかったら彼女に申し訳ないような気がしたのだ。ミス・チョは親切な人だった。父さんとすれ違っていった女性全部をひっくるめて、僕にいちばん優しかったといえる。僕が父さんの息子だから親切にしてくれたのではなく、生来が親切だったのだ。

父さんを手伝って薬局に出ているときは、用事もないのにうろうろして薬局のドアを押して入ってくる老人たちに親切だったし、小銭を両替えしてくれと言ってくるちびっ子たちに親切だったし、道を尋ねる人たちにも親切だった。たぶん、蹴っ飛ばされた道端の石ころにも親切だっただろう。近所のおばあさんたちはいつの間にか、彼女を「ミス・チョ」「ミス・チョ」と呼びはじめた。ときどきそれが耳に入ると僕は、あのおばあさんたちはひどいなと思った。そのへんのスナックとかの若い子じゃあるまいし、ミセスと呼んだら何が困るのか。そう呼ばれてもあのおばさんはホホホホと優しく笑っていたので、もしかしたらほんとにどっか足りないのかもしれないと疑わしく思っていた。

ところで、どうしてフェイスブックで僕を探そうと思ったんですか？

後で僕がそう聞いたとき、チョ・ウンジャ女史は相変わらず優しい笑顔でこう言った。

二十一世紀じゃないの。

＊

十二階の入居者の便器の詰まりを直し、二十九階の入居者の代行で銀行に行き、八階の入居者と三十二階の入居者の駐車場に関するもめごとを仲裁して、あわただしく一日が過ぎた。ミス・チョ女史に電話するのを忘れていた。制服を脱ぎ、ブラックデニムに片足を入れたときにメールが来た。「お知らせします」で始まる内容だった。

メールを読み終わって僕は、はきかけだったジーンズをはき終えると急いで更衣室を出た。タクシーはすぐにつかまった。タクシーの後部座席で足元を見おろすと、職場の中だけで使う、光沢のある黒い靴をはいたままだった。僕はタクシー運転手に、行き先を変更すると告げた。

ミス・チュが、チョ・ウンジャ女史が死んだとは、信じられなかった。

家に着くとシャクシャクがベッドの上に寝ていた。朝置いていった場所にそのまま、いた。当然だ。シャクシャクは動けない猫なのだから。

僕が生きてる猫じゃなく、猫の形のぬいぐるみを飼っていることを知っているのはミス・チョだけだった。絶対に内緒にしていたわけではないが、ミス・チョ以外にはまだ誰にも話していない。いつか食堂で蕎麦を食べているときだった。ミス・チョがはしを持つ手を止めて、自分が飼っている亀についてひとしきり話してくれた。亀がとっても食べっぷりがよく、バナナを一本むいてやるとあっという間に平らげて、次のバナナを待っているというのだった。

亀が果物なんか食べるんですか？

もちろん。ほんとに好物なのよ。体によくないからやるなって説もあるし、一週間に一度だけにしろって言う人もいるけど、それじゃ生きててもつまんないでしょ。体にあんまりよくなくても、心が満足するならそれもまたいいことだよ。

彼女の空いた湯呑みに緑茶をついであげながら、僕も思わずふっと言ってしまった。

僕にも猫が一匹いるんですよ。

あら！

彼女が嘆声を上げた。

私、にゃんこがほんとに好きなのよ。いつか一度連れておいで。

ええ、はい。

外に出したらにゃんこがとっても喜ぶよ。うちの〈岩(いわ)〉は重くて、もう私には持ち上げられないんだけどね。

彼女は亀の話をするときがいちばん楽しそうだった。

バナナだけじゃないんだよ。えさもどれだけいっぱい食べるかわからない。食べて、出して、食べて、出して。一日じゅう、後を追っかけて掃除しなくちゃいけないんだから。

おむつしてほしいですよね。

僕のつまらないジョークにミス・チョは、合コンにやってきたお利口な女学生みたいにホホホホと笑った。

それで出かけられないのよね、あの子は。合うおむつがないから。うちの〈岩〉は外に出られないから、いつか一度見においで。もちろん、ヒジュンさんの忙しくないときに。

僕はおとなしくうなずいた。

猫はトイレを作ってやればそこだけで用を足すっていうじゃない。きれい好きなのね。家で飼うと太るんだってねえ。

生きている猫の大小便について、僕は何の知識もなかった。生きている猫のえさや体重についても。

でも、本物の猫じゃないんです。

僕は何気ない風を装ってそう言った。ミス・チョの瞳孔が一瞬大きくなった。だが彼女は相変わらず、面倒な質問をしない人だった。もしも彼女が「本物の猫じゃない猫」についてしつこく問い詰めたりしたら、僕は決して口を開かなかっただろう。

人形なんですよ、猫の形の。

あー……

ミス・チョが感嘆詞を長く引き伸ばした。彼女はいつかテレビで、猫の人形を肩の上に乗せて歩いている女性アーティストを見たことがあると言った。

みんな笑ってたけど、私はすてきだと思ったの。愛しているものと、どこへでも一緒に行けるじゃないの。

僕も見ました。

僕は小声で言った。実際、テレビでその様子を見たことは、僕にとっては一種のコペルニクス的転回の瞬間だったのだ。猫アレルギーも、えさ代も、昼間に一匹で残された動物の寂しさも心配することなく、猫をそばに置けるのだから。僕はすぐにネットオークションのサイトをさくさく探して、シャクシャクを見つけた。バングラデシュの首都ダッカ郊外の縫製工場で作られたシャクシャクは、こうしてわが家にやってきた。ミンギョンにも言えなかったことだ。

それ、連れて歩くにはとても便利そうね。

そう言うときのミス・チョ女史は、心から僕をうらやましがっているように見えた。

次はきっと、一緒に来るんだよ。私も会いたいからね。

彼女は、養子に入った先のおばあさんみたいな言葉遣いで念を押した。なるほど、彼女とシャクシャクの関係について考えてみれば、それほど的はずれな比喩でもないのだった。ミス・チョとシャクシャクは会ったことがない。だが、僕の知っている人の中でいちばん親切なミス・チョは、うちのシャクシャクにもとても親切にしてくれたことだろう。間違いなくそうだろう。彼女のお通夜に行く勇気が出るまで、僕はシャクシャクをぎゅっと抱きしめて、黙ってベッドに横になっていた。

*

ミス・チョことチョ・ウンジャさんの遺言は二つだったという。一つめは、遺体を病院に寄贈するということ。がんが体のすみずみまで広がっていなかったので、それは可能だそうだ。ミス・チョの妹、つまり遠い昔にミス・チョが「里の妹」と表現したその方が、僕にそう教えてくださった。ミス・チョが話してくれたところでは、妹さんは早く結婚して子どもを四人も産み、今は遠い都市で、娘の娘と息子の息子の面倒を一人で見ているということだった。彼女は僕を見るなりぎゅっと手を握った。この方が本当のミセス・チョというわけだな、と僕はぼんやり考えていた。

姉さんがよく、ヒジュンさんのことを話してました。

ミス・チョが僕について何と言っていたのか、想像もつかなかった。実は、僕は誰にもミス・チョの話をしたことがない。それほど親しい人が僕にはいなかったからだ。

姉さんが私に、あんた以外でいちばんよく会う人はヒジュンさんだって言ってたんです。いちばん親しい友だちだって。

せいぜい月に一度ぐらいカカオトークでメッセージをやりとりし、ワンシーズンに一度ぐらい会ってご飯を食べるだけの僕がいちばん親しい友だちだったとは。胸から、ぐらぐら煮立った純豆腐（スンドゥブ）のような、もわもわして熱いものが突き上げてきた。本当にほかに友だちがいなかったのか、ミス・チョのお通夜には僕とミセス・チョしかいなかった。弔問客もなく、ミス・チョ自身もいないお通夜だ。病院の規定により、寄贈された遺体は遺体安置室から出すことができないのだそうだ。

前にそういう約束をしたんだって、言ってました。がんが見つかったばかりのとき、もしもこれ以上悪くならずきれいなままで死んだら、それもありがたいことだから、あたしの体を持ってってて、いいことに使ってねって。

僕は口を開くことができなかった。ミス・チョは、がんになったことがあると、ふと思いついたように、淡々と言ったことがあった。

心配することないのよ、もうすっかり治ったから。

だから僕は、そうだとばかり思っていた。ミス・チョは嘘をつく人ではないから。スーツを着た男たちがお通夜会場に入ってきた。病院関係者たちだ。彼らは、亡き人の霊魂に対して適切に礼儀を尽くした。僕はつられて立ち上がり、彼らと向かい合っておじぎをした。いちばん職階が高いと思われる男性が僕に握手を求めてきた。

故人の高潔なご遺志に対し、ご迷惑のかからぬよう努めます。心から感謝します。

僕も男性にならって頭を下げた。ミス・チョの体が今やどこへ行ってどうなるのか、僕には見当がつかなかった。その場を離れることはできなかった。なりゆきで任された喪主の務めは、その後も続いた。弔問客はぽつりぽつりと訪れた。

甥ごさんかね。ご苦労さん。

あるおばさんが、僕を甥だと思ったのか、背中をたたいてねぎらいながらそう言った。あるおばあさんは一人言を言っていた。

ああ、ほんとによかった、ウンジャにこんな大きな息子がいたなんて。とにかく、よかったよかった。これなら、死出の道も寂しくないだろうよ。

遺影は、いつかフェイスブックで見た登山服姿のあの写真のようだった。まっ赤に燃え上がるようだった紅葉の背景を全部飛ばしてしまい、白黒に変えてあるので、見方によってはまるで違う写真のようでもあった。僕は所属長にメールを送り、明日から休暇をとることになりそうですと告げた。

え？　何かあった？

その短い文章から、あわてている様子が如実に感じ取れた。

ちょっと亡くなった人がいて。

そこまで入力して、消した。

亡くなったんです、母が。

返信は来なかった。僕の生母はずっと前に死んだという事実が、人事部の資料ファイルか何かに記録されているのだろう。

夜がふけても、霊安室の廊下の蛍光灯の明かりは真昼のように明るかった。トイレの前の共用の休憩室では、黒い服を着た人たちが疲れた表情を隠しもせずに、目を閉じて座っていた。僕はトイレでずっとずっと手を洗った。自分はまだ泣いていない、と気がついた。

＊

ミス・チョの二番めの遺言は、相続に関係することだった。ミス・チョに遺産がたくさんあるはずはなかった。

住んでいた家の保証金［韓国特有の賃貸形式「チョンセ」で家を借りる際に預ける多額の保証金。「チョンセ」については168ページ参照］を返してもらったら、未婚の母たちのための施設に寄付してくれって。ちょっとあった貯金は死ぬ少し前に私に振り込んできたんです。ソウルと往復しながら看病してくれてありがとうって。車代だと思ってくれって。

妹さんがなぜこんなことまで詳しく説明してくれるのか、僕にはわからなかった。

それと、あの子はね。

え？　誰でしょう？

姉さんが飼ってた、あの亀です。

あ、ええ。

あれは必ず、ヒジュンさんにあげるようにって言ってたんです。

……

ほかにあげるものがなくてごめんなさいって。ヒジュンさんが誰よりもちゃんと育ててくれそうだからって。すまないけど、よろしく頼むって言ってました。

僕は突然、相続した遺産を受け取るために、ミス・チョの家へ行った。驚いたことに、ミス・チョ女史の住所は未だに黒石洞だった。昔の父さんの家から五百メートルほど離れたところだ。父さんが死んでコンビニに変わった白鳥薬局の跡からも近かった。父さんと別れた後、二十年よりもっと長い時間が流れたのに、彼女はなぜこの近辺を離れられなかったのだろう。永遠に聞けなくなってしまった。家は赤れんがで建てられた三階建ての集合住宅の最上階だった。警備室も、エレベーターもない。片手に花模様の日傘をぎゅっと握りしめ、もう一方の手で手すりにつかまって、ミス・チョはこの階段を一段一段ゆっくり歩いて降りてきたのだろう。踊り場で一度ずつ休みながら、腕でさっと額（ひたい）の汗を拭いたのだろう。彼女はこまめにハンカチを持ち歩くタイプではなかったから。

玄関には靴が一足もなかった。主（あるじ）の不在がぐっと迫ってきた。脱いでおいた靴をはいて出て行ったミス・チョ女史は、二度と戻ってこられなかった。リビングは思ったより広く見えた。家具といっては一人用のソファが一つと小さなテーブルだけだから、なおさらそう感じられたのかもしれない。テーブルの上に半分に折ったメモ用紙が一枚置いてあった。広げてみた。女子中学生が書いたみたいな、ちまちまして几帳面な筆跡だった。

名前：岩（いわ）
年齢：十七歳五か月
性別：めす
好物：ズッキーニ、りんご、きゅうり、トマト、バナナ（中でも、ズッキーニに飼料を詰め込んで食べるのをいちばん好む）
えさのほかにビタミン剤とカルシウム剤を混ぜた干し草の粉と、モンゴウイカの骨を食べさせます。
注意事項：便秘で苦しんだことがありますが、そんなときは浴槽に三十度ぐらいのお湯を張って温浴をさせるといいです。あまり長く入れておくと溺れ死ぬ危険があるので、注意してください。

読む人が僕だということはわかっているのに、彼女はほかには何も書き残していなかった。なぜか寂しい気持ちになった。亀の飼育場は家でいちばん大きな部屋にしつらえてあった。亀は見あたらなかった。家のあちこちを探して回ってみたが、見つからない。室内はこぢんまりして、素朴だった。ミス・チョが主に使っていた部屋には、一間分のたんすとシングルベッドが置いてあるだけだった。適度に使い込まれたそのベッドは、彼女が父さんの家を出るときに買ったものかもしれない。一人用のベッドを選ぶ彼女の気持ちはどんなものだっただろう。もしかしてどこかに父さんの写真なんかがあったらどうしようかと思うと、急に心配になってきた。だが、父さんどころか、他人の痕跡というものがまったく目につかなかった。

僕は半分くらいドアの開いた浴室へ行ってみた。家の規模と全然つりあわない、映画で見るようなワールプールの浴槽が設置されていた。亀が便秘をしたら温浴させろという文句を思い出した。案の定、亀はその中にいた。

人の膝より低い水の中で手足をばたばたさせていた。水中に指を入れてみた。冷たかった。誰もいない家で、亀は一匹でここまでどうやって這ってきたのだろう。僕は亀をさっと水から持ち上げた。亀はあっと驚くほど重かった。思わず、うーんという声が出た。その子の体は冷たくてじっとりと濡れていた。甲羅はものすごく固く、ほかの部分は手がつけられないほどぐにゃぐにゃしていた。どうしたらいいのかわからず、目についたフェイスタオルを何枚か重ねて、やつの体をぐるぐる巻いた。亀は冷たい水に濡れて寒気でもするのか、ぶるぶる震えていた。亀と僕の目が合った。黒い碁石のような瞳がしっとりと濡れている。そのとき初めて僕は、あ、何か勘違いしてたと気づいた。アルダブラゾウガメは地球上でいちばん長生きする動物なのだった。二百五十五歳まで生きた亀がいるという文献も残っていると、いつだったかミス・チョが言っていた。だったら、僕が死んだ後もこの子は生きるのだ。ゆっくりと命をつないでいくのだ。僕のすべてを目に収め、記憶するのだ。

僕が死んだ後はどうしたらいいんだろう。僕には亀を任せられる昔の恋人の子もいない。もしやミンギョンに隠し子がいないだろうか。そんなとんでもない想像をしていると、浴槽の水にぷかぷか浮いた黒い物体が見えた。亀のフンだった。ぷっと笑いが漏れた。あいつはもしかして、うんちがしたくてここまで這ってきたのかな。亀はフンをする存在、食べる存在、鳴く存在、死ぬ存在、生き残る存在だった。シャクシャクとは違う。

おい、〈岩〉。

まだひどくぎこちなかったが、僕はもう一度その名前を呼んでみた。

〈岩〉や。

聞いてるのか聞いてないのか、亀は僕の方を見もしないでのろ、のろ、のろ、と僕が立っているのとは反対方向へ這っていった。ふいに、もうすぐ誕生日だということに気づいた。今や僕は、十七歳のアルダブラゾウガメと、猫の形のぬいぐるみを持つ四十歳の男になるのだ。それ以外何も持っていないという意味だ。

＊

ミス・チョとたった一度、恋の話をしたことがある。恵化洞(ヘファドン)のある路地の中でのことだ。それまでどこかに行ってみたいと言ったことがなかったミス・チョ女史が急に、ちょっとどこやらへ一緒に行きたいと言うのだった。僕は彼女についていった。にぎやかな大学(テハン)路の街の裏通りで、ミス・チョは道に迷ってしまったらしい。確かにここのはずなんだけど、と一人言を言いながら、路地のあちこちをのぞき込んでいた。いくつもの路地に入ってはそのつど無駄足で、結局、最初に行ったところからかなり離れた横丁で目的地の痕跡を発見した。ミス・チョが行こうとしていた場所は空き地になっていた。それほど暑い日ではなかったが、ミス・チョ女史は汗をぽたぽた垂らしていた。こうなるとわかっていたらグーグルマップで衛星写真を検索してから来たのにと思った。いや、検索していたら、来る必要もないことがわかって、来なかっただろうけど。

私、道だけは間違えない方だったのに。

ミス・チョが気落ちした声でつぶやいた。時制が過去形だった。彼女の顔はひどく青ざめていた。僕は目についた店に入り、ビタミン飲料を買って彼女に渡した。ミス・チョがちらりと微笑を浮かべた。いつの間にかミス・チョ女史もずいぶん年をとったなあと思った。この空き地に何があったのかと、僕は尋ねた。

家があったの。

彼女が答えた。

前に、好きな人とこの路地を通ったことがあって。

……

一緒に、その人の親戚の結婚式に出た帰りでね。その人が、そういう席に女を同伴したくないってことは、女の方でもわかってたのね。そういうことは言葉で聞かなくてもわかるもんだから。いつもだったらわざわざついていったりしなかったんだろうけど、その日は違ってたの。一度ぐらい、何としてでも絶対一緒に行きたかったんだね。自分が誰だか親戚に紹介してくれなくたって、そんなのどうでもいいぐらいの気持ちだった。男がお祝い金の封筒を出して久々に会う知り合いにあいさつしているときに、その横に影のように立っているっていうのを、一度はやってみたかったんだね。意地みたいなものと思ってもいいわね。だから、持ってた服の中でいちばんきれいなので着飾って、化粧も念入りにして、玄関に行って、男が出てくるのを待ってたの。

それを見ても、男は何も言わなくてね。

　お天気のいい日だった。その人とはそれまで二年以上暮らしていたけど、町の外まで一緒に出かけたのは初めてだったね。地下鉄に乗りましょうと言ったのに、その人はもうタクシーを呼んでしまってて。式場で男はお祝いの封筒を出して親戚たちにあいさつしていたわね。その横に女は黙って立ってたの。覚悟を決めて来たからそれほど気まずくはなかった。ときどきちらちら見る人もいたけど、わざわざ彼女を紹介してくれと言う親戚はいなかったね。男はほんとに、女を誰にも紹介しなかったの。記念写真を撮るから親戚の皆さんは前に出てくださいっていう案内放送が聞こえてきてね。あの人は意識的にこっちを見ないようにしているという気がして。ここまで無理についてきたけど、男の腕をつかんで一緒に写真を撮りにいく気にはなれなかった。男が写真を撮りにみんなの中に出ていく間に、一人でそっと外に出たの。知らない道をただただ歩いてった。終わりを先延ばしにするのは何て愚かなことなんだろうと思いながら。そうやってしばらく歩いていって、ふと横を見たら彼が一緒に歩いてたの。飛び出した女を追っかけてきて、路地のあちこちを歩き回ってたんだね。泣いているのも見ただろうけど、涙を拭いてはくれなかった。女は、もうこれでいいと思ったの。その日の午後、二人は、まるでその知らない町に家でも探しに来た年のいった新婚夫婦みたいに、とってもゆっくり、路地のあちこちを見物して歩いたの。

ミス・チョはそれ以上話さなかった。空き地になった家は、男が、いつかきっとこんなところに住んでみたいと言った他人の家だったのか、新しく薬局を開くならこんなところがいいなと言いながら見た店の跡なのか、歩き疲れた足を休ませてお茶を一杯飲んだ喫茶店だったのか、またはあったかいうどんを出す食堂だったのかはわからなかった。パズルの最後のピースは、永遠にはまらないだろう。

誰かが自分の領域に好き勝手に侵入してきて、振り回されて、それに黙々と耐えるのも愛のためだろうけど、同じ理由で別れる人もいるでしょう。愛を守るためにね。

僕は、それから間もなく彼女が父のそばを離れたことを知っていた。

*

ここ何年かの僕の人生でいちばん劇的な事件の目録に、〈岩〉と一緒に暮らすようになったことを追加しなくてはいけないようだ。初めて〈岩〉を家に置いて出勤した日、どうしても気になって玄関の前で何度も後ろを振り向いた。〈岩〉はもともとそこにいたみたいに、床のまん中にぬっと陣取っていた。

職場は変わりなくそこに存在していた。事務所に入るとき、先に来ていたミンギョンに目礼した。気のせいか、ミンギョンの左の眉がかすかに動いた。最初の呼び出しは、また一二〇六号室だった。ブザーを押すと、老人が相変わらずパジャマ姿でドアを開けた。最近彼はやせてきて、小さくなったみたいだ。今にも藁のようにへなへなとうずくまってしまってもおかしくないように見えた。思いがけず彼が僕に、そっと尋ねた。

どっか、行ってたのか?

返事の代わりに僕は手のひらで鼻をなでた。

翌日、半身浴用の浴槽をインターネットで買った。配達された浴槽は、写真よりもずっと巨大に見えた。浴室に入らないので、部屋の隅に置いた。これまでにまた大きくなったのか、〈岩〉の体は浴槽にぴったり収まった。何か月かしたら新しい浴槽を買わなくてはならないだろう。

〈岩〉はさすがに岩らしく、のろ、のろ、のろと自分の速度で部屋の中を探検して回る。〈岩〉の動きを見ていると、僕の速度について考えることになる。〈岩〉はシャクシャクが置いてあるベッドの近くには行かない。シャクシャクの方も〈岩〉が何をしようと意に介さず、最善を尽くしてそこに寝ている。そんな意味で、二人はいい同居者になれる余地が十分にある。

〈岩〉は食べものにうるさい方で、ズッキーニとトマト、りんごが一つでも欠けるとごはんを食べない。僕は週末ごとに野菜と果物をどっさり買って、あらかじめ下ごしらえしておく。〈岩〉にやった残りの素材はサラダに入れて僕が食べる。日曜日の遅い朝、ベッドに横になって野菜サラダを食べながら、〈岩〉とシャクシャクの背中を代わる代わる撫でていると、僕と世界が絶対につながっていなくてはならない必要はないという気がする。

シャクシャクと僕の間、〈岩〉と僕の間を結んでいる綱は、最初からなかったのかもしれない。それでも僕らは生きていくだろうし、ゆっくりと消滅していくだろう。シャクシャクはシャクシャクの速度で、僕は僕の速度で、〈岩〉は〈岩〉の速度で。

四十回めの誕生日の朝、僕は、まだ起きていないできごとと永遠に起きないできごとを思い浮かべて、ようやく涙を流しはじめた。

何でもないこと

ジヲンは予定日より十日早く生まれた。妊娠三十八週と四日めの朝だった。出勤する夫を見送った後ベッドに横になり、ちらっと眠りに落ちたとき、じくじくしたものが下から流れ出た。彼女は比較的冷静に行動した。下着を替え、生理帯をつけ、トレンチコートの袖に腕を通した。当時、妊婦の間でバイブルのように思われていた『ママになったばかりのあなたのための妊娠と出産のすべて』という本の最終章は、予想外の状況への対処法で構成されていた。頭の中でマニュアルを順番通りに思い出しながら、彼女は慎重に動いた。その本の著者は書いていた。緊急事態であればあるほど、何が最も重要か肝に銘じよ。わが子の安全だけを考えろ。右往左往せず、何をおいても病院へ行け。

ジヲンは片手でおなかを押さえてタクシーを呼んだ。次に夫の携帯に電話した。よくあるように、携帯はつながらなかった。彼女の夫は韓国でいちばん大きい半導体会社の研究員で、妊娠期間を通してずっと、家で夕食を食べたことがほとんどないほど多忙だった。私、子ども産みに行くから。そう留守電を残すと、今この瞬間、私は自分の人生の中でいちばん独立しているという気分になった。姑は東京の義妹の家を訪問中で、隣の市に住む実家の母は電話に出なかった。

どうせ夫や実家の家族より、タクシーの運転手の方が早く来るだろう。ちょっと前にかばんに荷物を詰めておいてよかった。機内持ち込みサイズの旅行用スーツケースの中にはおむつと産着（うぶぎ）、薄いおくるみなどが入っていた。おなかの中で激しく蹴りをしている胎児がもうすぐ世の中に出てきて、何日かしたらこれらを身につけてこの家に帰ってくるんだという事実に実感が湧かない。タクシーの後部座席で陣痛が始まった。軽い生理痛のようだった痛みがだんだん強くなった。タクシーの運転手は非常ランプを点灯して全速力で走った。分娩室に移された後、一般的な自然分娩の過程を経て子どもが生まれた。六、七時間かかった。三・二キログラム。小さくも大きくもない、まさに普通の体重の女の子だった。初産としては軽いお産だと、産婦人科医が切れた会陰（えいん）を縫合しながら言った。

満で十六歳になるまで、決して順調にばかり育ってくれたわけではなかった。二歳になるころにはプラスチックのねじを誤飲し、五歳の誕生日には公園の滑り台からまっ逆（さか）さまに落ちて救急センターに行った。十歳のときには左腕を折って一か月ギプスをはめていたこともある。もしもひじの成長板が損傷していれば、骨が育たないこともありうるといわれた。もしも、という副詞の不確実性が彼女を震え上がらせた。

どんな骨にも全部成長板があるんですか？

そう見るべきでしょうね。

レントゲン撮影技師が淡々と答えた。問題のない右のひじの軟骨は正常に成長するはずだ。体の中のほかの骨すべてと同じように、ゆっくり太くなるだろう。正常な右腕と、非正常であるかもしれない左腕。子どもの小さな体の両側に不均衡にぶら下がった二本の腕の絵が、頭の中に鮮やかに描き出された。彼女は気味の悪い虫を振り払うように首を横に振った。幸いにも、子どもの左のひじは無事だった。いちいち数え上げることはできないが、子どもが大きくなるまでに、危うく胸を撫でおろしながら通過してきたことはいっぱいある。だから、今回もそうならないわけがあるだろうか？

その子は今、P大学病院に入院している。五階の産婦人科病棟だ。この階には新生児集中治療室と分娩室があり、長くて薄暗い廊下を通り抜けて角を曲がると病室がある。新生児集中治療室と病室は三十メートルほど離れていた。その角を曲がれずに、ジウォンは適当な椅子にへたり込んだ。その先へ行くことができないのだ。病室はここと同じように乾燥しているんだろうか、違うのかしら。あの子は眠っているのか、起きてるのか。早く娘のところに行かなくちゃとわかっていても、体が動かなかった。

時間がありません。

ちょっと前に新生児集中治療室で会った医師は、ジウォンを見るなりそう言った。彼は、こういう場合には意識的に保護者の目をまっすぐ見ながら話すべきだという信念を持っているらしかった。

保護者の方が速やかに決定してくださってこそ、私どもも何らかの措置を講じることができるわけです。

ジウォンは唇をかすかに動かしたが、結局何も言えなかった。あの日の夜中、彼女の娘が産んだ赤ん坊は妊娠二十四週めと推定された。女児であり、その体重は牛肉一斤半にも及ばなかった。赤ん坊の正確な体重は七百九十二グラム。新生児室と新生児集中治療室の赤ん坊たちはみな公平に、母親の名前で呼ばれていた。新生児集中治療室の五番の保育器の前には「キム・ボミさんの赤ちゃん」、ときちんと書かれたシールが貼ってあった。「キム・ボミさんの赤ちゃん」の保護者の保護者。それが、ジウォンが今知った自分の新しい名前だった。

＊

ミヨンの子は水曜日から三泊四日の日程で修学旅行に行っていた。旅行先は済州島（チェジュド）。

土曜日の午後に飛行機でソウルに戻ってくる予定だった。恋人に「うち、空くんだけど」と言ってから、ミヨンは自分がまるで大学の新入生みたいなことを言っていると気づいた。男はハハハと人のよさそうな笑い顔を見せ、彼女の間接的な招待を受け入れた。彼らは、一晩まるまる一緒に過ごす間柄ではなかった。彼女が彼とともに過ごせるのは夜の一部だけである。ミヨンはときどき彼の家に行ったが、彼がミヨンの家に来たことはない。彼は一人暮らしで、彼女は息子と一緒に住んでいた。政府が中高生対象の塾の深夜授業を規制する法令を制定したのはもう何年も前のことである。ミヨンの子が通っている塾は夜の十時には閉まるので、その子が乗ったシャトルバスが団地の前に着くのが十時半だ。彼女は毎晩、子どもの帰宅時間に合わせて帰るために努力してきた。たとえ、たまに遅れることはあっても、外泊だけは一度もしたことがなかった。

金曜日に会社を出て待ち合わせし、食事をした後、彼女の家に移動してお酒を飲むというのが一人の立てたプランだった。私がごはん作ってもいいんだけど。ためらいながらミヨンがそう言うと、男が、いいよ、そう言ってくれただけで嬉しいよと答えた。元夫ならすぐさま、じゃあそうするか？　と反応したはずだ。元夫とは違うという理由だけで誰かに惹かれる時期はもう過ぎている。彼女はもう、どんな恋愛にも生老病死があるとわかっていたけれど、相手によってはその段階を保留にできることも知っていた。

男はミヨンが勤める不動産会社の顧客だった。彼は八十坪のオフィスを、内見もせずに契約した。適当なところがあるかと電話で問い合わせてきて、すぐに契約金を振り込んだお客さまは初めてだ。後で会ったときにその理由を聞くと、離婚手続きがあまりにもめんどくさいので、それ以外のことは即決主義でかたづけてしまうのだという返事が返ってきた。彼女は微笑んだ。こんな話がおもしろいですか？　いいえ、私もそうだったからですよ。こんどは男が微笑を浮かべた。彼女は顧客の前でわけもなく笑ったり、離婚経験を勲章みたいに打ち明けたりする女ではなかった。もし彼を気に入っていなかったら、あんなことは言わなかっただろう。

不動産景気は年々悪くなる一方だが、子どもはだんだん大きくなる。子どもにかかるお金は増えつづけるが、子どもはやがて母親のもとを離れていく。この二律背反する二つの仮定の両方が、彼女に恐れを抱かせた。ミヨンは、いろいろな意味でちゃんとした人とつきあうべき潮時だと思っていた。一年が過ぎる間に彼らは恋人どうしになり、ミヨンの子は高校生になり、男の離婚手続きはまだ進行中だった。

金曜日の夜、彼らのプランは順調に進行していた。土曜日の朝、自分の部屋のベッドの上で彼女が目覚めたとき、男はまだ眠っていた。彼は口をちょっと開けて寝る癖があるようだった。きちんと閉めたカーテンごしに朝の日差しが差し込んでくる。あごの肉が弛緩しているせいか、無防備状態の男はふだんより老けて、疲れて見えた。毎朝息子のためにそうやってきたのと同様に、彼女は男の肩までふとんを引っぱり上げてやり、部屋を出た。小さなリビングは静かで、子ども部屋のドアは閉まっていた。子どもには、恋人を招待することは話していない。話す必要のないことだ。ミヨンはしばらく立ったまま、閉まっている息子の部屋のドアを見ていた。あのむこうに子どもがいないことが信じられなかった。説明のつかない寂しさに彼女は襲われた。

彼女は朝食の準備を始めた。じゃがいもの皮をむいて水につけ、冷蔵庫からエビを取り出した。旬の大ぶりのエビは、Hデパートの高級食材コーナーで購入したものだ。家の近所の大型スーパーは夜中の十二時まで開いているが、そこには彼が好きな身の厚いエビはなさそうだったから。そこの青果物コーナーの野菜はいつも元気がなく、精肉コーナーの冷蔵棚には、目を皿にしても「2プラス」級の国産牛肉はなかった。クリスマスシーズンのワインコーナーには、去年のクリスマスに箱で仕入れた安物ワインが室温で適当に並べてあったりする。季節を問わずいつも黒い登山用ズボンをはいた高齢男性たちがその前で迷っているのを見るたび、耳もとで叫んでやりたかった。それ買っちゃだめですよ。開けたとたんに腐った匂いがしますよ。栓のコルクがだめになってて、ちょっとひねったらすぐにかすがぼろぼろ落ちるんですよー。

ミヨンはフライパンにクッキングホイルを敷いた。その上に粗塩を振った。ビニールパックを開けてみると、上になったものに比べて下の方のエビは明らかにサイズが小さい。きらきらする銀色のホイルの上にエビをきちんと並べてガスレンジに点火した。料理していて、いつふたをするべきなのか、またいつ取るべきなのか未だにわかったためしがない。どうしようかと思ってから、棚からふたを持ってきてフライパンに載せた。つまみだけがステンレス製の、ガラスのふただった。五分くらい経ったとき、その事件が起きた。

彼女は最初、ガス爆発だと思った。初めて聞く轟音が四方に鳴り響き、シンク全体に割れたガラスのかけらがうずたかく積もった。フライパンのガラスのふたが爆発したのだ。

＊

地獄にあっても希望を持つのが人間の義務ならば、ジウォンの希望は、娘が倒れたのが修学旅行中でなく、旅行から帰ってきた日の夜だったことだけだ。土曜日の夕方の早いうちに旅行から帰った子どもはずっと青ざめていた。向こうで何かあったのかと聞いてもなかったと答えるばかりで、ほかには一言も言わなかった。夕食もそこそこに自分の部屋に入っていった。疲れたみたい、寝るね。果物を用意してドアを開けると、子どもは床に横に寝てだんご虫のように体を丸めていた。ショートパンツから太ももがむき出しになっていた。

寒いのに。早くベッドに入りなさい。

ジウォンの小言を聞いて子どもは無理に体を起こした。動きが異様にのろかった。

ママ、電気ちょっと消して。

子どもがのっぺりした声で頼んできた。電気を消して子ども部屋を出てくると、首筋がひやっとした。秋になって以来初めて暖房を入れ、リビングで膝かけをかけてテレビを見ていた。テレビで退屈なトークショーをやっている間に、中国に出張中の夫から電話が一本来た。また、大学の同級生が急に夫を亡くしたことを知らせる一斉メールが入った。夫は子どもが無事に旅行から帰ってきたかと聞いた後で、明日は自分の両親の結婚記念日だから忘れずに花束を送るようにと念を押した。

来年は金婚式だよ。もうすぐ結婚五十周年だなんてすばらしいよな、大したもんじゃないか？

うん、そうだね。

夫が、君、もしかして寝てたのかいと尋ねた。ううんと彼女は心のこもっていない返事をした。大学の同級生の夫の訃報を知らせるメールには、すまないけど代わりに五万ウォン出しといてくれない？　と返信した。相手からは、笑顔の絵文字と口座番号が書かれたメールが返ってきた。お通夜に行く時間がとれるかどうかはっきりしないからでもあったが、近くも遠くもない間柄の友人がにわかに被った不幸をこの目で直接確認し、視察する証人になりたくはなかったのだ。

娘がドアを押して出てきたのは、夜中の十二時近くだった。

ボミ、

ジウォンは子どもの名前を呼んだが、子どもは答えなかった。あの子は下腹を抱えて、ほとんど気絶する直前だった。もんどり打って床に倒れた子どもを、彼女一人の力では支えることすら困難だった。救急車を呼んだ。子どもはたらたらと冷や汗を流していた。

ママ、あたし、行かない。病院、行かなくても、いい。ほんとに。

標本室のアマガエルみたいに両手両足を思いきり縮めて、子どもはずっとそう言いつのっていた。盲腸が破裂したんじゃないかというジウォンの問いに、救急隊員はよくわからないと答えた。

いちばん近い総合病院の救急センターにお連れしますので、正確な診断は病院で聞いてください。

救急車の中で、もしかしたら便秘が再発したのではという疑問が湧いてきた。小さいとき、この子は慢性の便秘症だった。野菜をあまり食べず、肉類とファストフードが好きな子どもによくある疾患だ。ジウォンの娘は、酢豚のつけあわせのたくあんも、フライドチキンのつけあわせの大根のピクルスも要らないという、脂っこい料理を食べても胸焼けしない体質だった。あの子が一週間排便がなく、小児科で浣腸を受けた事件をすっかり忘れていた。あんた、トイレは？　娘の耳元でささやいてみたが、聞こえなかったらしい。あー、痛い！　すごく痛い！　ママ！　ママ！　子どもはすがるように母親を呼んだ。この子が呼んでる「ママ」っていうのはほんとに私のことなのか？　または、悲鳴の代わりに叫んでいるだけの言葉なの？　子どもの湿った手をぎゅっと握ったジウォンの胸を、妙な疑いがかすめて過ぎた。

週末の深夜の救急室はごった返していた。ようやくベッドを割り当てられ、ちょっと待てという指示を聞いた後十分あまり、誰も彼らを気にもとめなかった。しばらくしてやってきた研修医にジウォンは、自分の娘が三十分以上放置されていると大声で抗議した。彼は子どものおなかをあちこち押してみた。急いでいるようでもないうえ、何となく不慣れな手つきだったので、ジウォンは頭のてっぺんまで怒りがこみ上げてきた。研修医がいくつか質問したが、娘はそのすべてにわかりませんと答えた。まともに会話できる状態ではなかった。採血をしてから事態が急変した。産婦人科の専門医が駆けつけた。

赤ちゃんがもうすぐ降りてきます。

え？

ジウォンは意味がわからなかった。誰だってそうだろう。

胎児がほとんど降りてきています。ただちに分娩室に向かいます。

ジウォンは、何か誤解があるようだとつっかえつっかえ言った。その後に続いて起きたことを、彼女はよく思い出せない。ボミはストレッチャーに乗せられて分娩室へ移動した。ジウォンはすっかり気が動転してしまい、自分はとても不吉な夢を見ているのだと思った。そう思わずにはあの時間を耐えぬくことはできなかった。

分娩室から病室に移された子どもは、何も話す気はないようだった。子どもが壁の方を向いた。ジウォンの両腕が子どもの背中に回された。抱きしめようとしているのか、殴りつけようとしているのか、自分でも判別がつかなかった。

どうして言わなかったの？　何で話さなかったの？

ジウォンは必死だったが、子どもは微動もしなかった。子どもの広い背中は岩のように頑なだった。十三歳のときにもうジウォンの身長を抜いた子だ。ダイエットしなきゃというのが口癖だったのに、ここしばらくおとなしかったように思う。そろそろ知恵がついたんだなと、内心喜んでいた。ジウォンは、こんな最悪の事態を予測できなかった自分に強い殺意を感じた。一か月でも早くわかっていたら、いや、昨日だったとしても、こんなことにまではならなかっただろうに。胎児が二十四週ではなく三十週を過ぎていても、地球の果てまでも引っ張っていって手術を受けさせただろう。そこに入っていたものを跡形もなく消しただろう。

誰なの？

子どもの彼氏の名前がとっさに思い出せなかった。顔も思い浮かばない。ジウォンは、その男の子について考えてみたことはあったが、深刻に受け止めてはいなかった。

あの子なの？　そうなの？

娘の肩がかすかに震えた。座ることも立つこともできず、ジウォンはただ息を吐くだけだった。何をすべきかわからない。彼女には何でもやれた。狂った獣のように叫ぶこともできたし、娘を抱きしめて声も枯れよと号泣することもできたし、窓を開けて飛び降りることもできた。そんなことをしても何も変わらなかっただろう。取り返しはつかなかった。彼女は右手をぎゅっと握りしめて、自分の胸を打ちはじめた。胸がドンドンと鳴り響く。全身がドンドン鳴っていた。子どもが振り向いた。落ちくぼんだ目で、母を見た。

病室は一人部屋にした。この子を、出産を終えた母親たちでいっぱいの産婦人科病棟の六人部屋に入れることはできない。

あの子は知ってるの？

子どもがうなずいた。ジウォンはさらに声をひそめてまた聞いた。

それで、ほかには？　知ってる人、いるの？

ううん、私たちだけ。

私たち、という言葉がジウォンを啞然とさせた。男の子は日曜日の、外が暗くなる時刻にやってきた。病室に入ろうとするのをジウォンは決死の勢いで止めた。ジャンパーのフードを深々とかぶった少年は、じっとしていてもゆらゆら揺れて見えるほどやせて、背がうんと高かった。彼があいさつのために頭を下げたとき、ジウォンは視線を避けて目を伏せた。

あなた、帰りなさい。

彼女はがさがさに乾いた唇を舌の先で濡らしながら、やっとのことでそう言った。

私、あなたに何もしないでいられる自信がない。早く帰って。

ボミはどうしていますか？

少年は控え目だったが、萎縮しているようではなかった。ためらった末、廊下の端の椅子に座った。一時間経っても少年はそこにいた。ジウォンは携帯電話をいじっている彼に近づいていった。

あなたのお母さんは知ってるの？

少年は視線を伏せたまま答えた。

まだ知らないです。

ジウォンが尋ねると、彼はちょっと躊躇する様子だったが、すぐにあきらめの混じった動作で自分の母親の電話番号を教えてくれた。

＊

フライパンは国内の台所用品ブランド、M社の製品だった。上質で安価な樹脂コーティングの鍋やフライパンの生産によって知名度を高めた有名企業だ。土曜日、顧客サービスセンターの電話はつながらなかった。業務時間外なので後でまたかけ直してくれという自動応答システムの声が反復された。爆発して割れたガラスのふたの破片は、ミヨンの台所のあらゆるところに飛び散り、突き刺さった。生焼けのエビの身の中からも、台所の床の割れたすきまからも、流しの前にかけておいた皿洗い用スポンジからも、ごく小さな鋭いガラスのかけらが見つかった。その細かく割れたかけらを一つひとつ探し出しておそるおそるつまみ上げ、ビニール袋に入れるのには、恐るべき忍耐力が必要だった。後から起きてきた男も、予想もしなかった事態に驚いたらしい。男が携帯を出して無残な形に割れたガラスのふたの写真を撮った。僕が片づけるよ。裸足じゃない。あっち行ってて。彼が腕まくりしてそう言ったが、彼女は男を追い出した。

男がおとなしく一歩下がった。

これ、どうしようかなあ。食べられるの一個もないと思う。

彼女は長いため息をついた。でも、誰もけがをしなくてほんとによかったよと男が慰めた。

でも、何でこんなことが起きるんだろう。

ミヨンの口からはしきりにため息が出てきた。

私、ほんとに何もしなかったんだよ。ふたを開けてもみなかったし、ガスの方に行きもしなかったのに、何でこんなことになったんだろう。

男はミヨンのひどい落胆とそれに続く怒りに、ちょっとあわてた様子だった。

ガラスが熱に耐えられなかったんだろ、単純な事故だよ。ミヨンさんが悪いわけじゃない。

ミヨンの見たところ、男はこの状況の本質がわかっていないようだった。もう一度ため息をつくと、彼女は落ち着いて話を続けた。

私が悪かったのかって聞いてるわけじゃないんですよ。朝からこんなことになったのが不安なだけ。不吉な兆候みたいじゃない。

男は理解できないという表情を浮かべた。

いや、そんなのばかげた考え方だよ。単にガラスが熱の圧力に耐えられなかっただけだってば。

真空掃除機をかけていたミヨンがそのとき悲鳴を上げて座り込んだ。ガラスのかけらが刺さったらしく、足の小指の爪の下が赤くなっていた。こんなことやってても意味ないよね、と彼女がつぶやいた。

ガラスのかけらは目に見えないんだもん。歩くたびに足の裏に傷ができるわ。

男は、チッと舌を鳴らす音を立てた。彼と一緒にいられるのは土曜日の午前中までだった。男がゴルフ練習場に行くと言って家を出た後、ミヨンは十回以上もM社の顧客サービスセンターの番号を押しまくった。結局、ホームページを開いて書き込みをした。御社を信じて製品を使ってきた消費者にこのように多大な被害を与えて、どうされるおつもりでしょうか？　そのうえ、連絡もつかないなんて。このままあっさり引き下がったりしませんよ。速やかに謝罪し、適切な賠償をしない場合には、可能なすべての措置を講じます。こういう場合、より強い、より大きな声を出す人が最後に勝つという事例を彼女はあまりにも多く見てきた。土曜日が終わり日曜日が過ぎても、M社から連絡はなかった。

子どもは土曜日の予定通りの時間に帰ってきた。日曜日には疲れたと言って一日じゅうベッドでのびていたが、午後遅く、外出する格好で出ていった。彼女にでも会いに行ったらしい。ミヨンはあまり気にしなかった。息子の彼女については特に意見はなかったのだ。二人は同じ学年の違うクラスで、この前の冬に同じ英語塾に通って以来、今も親しくつきあっているらしい。その女の子とは二度ほどばったり会って軽くあいさつした。少女は特にかわいい顔でも憎たらしい顔でもなかった。ものすごく人なつこいとか、きわめて礼儀正しいわけではなかったが、大人にあいさつするときにはポケットに入れていた手を出して、体の前で重ねることは知っていた。最近の子として、この程度ならいい方だろう。男の子としては情がこまやかで多感な息子は、彼女にもそのように接しているようだった。いつだったか、あんまり早いうちから一人の女の子とだけつきあうと後で後悔するよ、一歳でも若いうちにいろんな人とつきあわないとね、と母方のいとこに冗談半分に忠告されたことがあった。

みんながみんなそうじゃないよ。

息子がかなりまじめに言い返した。横にいて聞こえないふりをしていたが、ミヨンはひそかに驚いた。あの子はちょっと顔を赤らめていた。ずいぶん大きくなったなあと思った。彼女は内心、そんな少年をおかしいとも思ったが、誇らしいとも感じた。

翌日は午前中から忙しかった。すきまをぬってM社の掲示板を開いてみた。コメントはついていない。顧客サービスセンターはずっと話し中だった。やっとつながった。

お客さま、どういったご用件でしょうか?

ふう、ほんとにもう、電話がつながるだけでもひと苦労ですね。

はい、申し訳ありません、お客さま。どういったご用件でしょうか？

あのですね、えーと、ふたが。ふたが爆発したんです。

ああ、さようでございますか、お客さま。どういった製品のふたでしょうか？

ミヨンは通話口を手でおおってオフィスの外へ出た。

フライパンです。

はい、フライパンですね。製品名がおわかりになりますか？

それはわからないです。

はい、ご存じないと。それでは、どのような形態のフライパンかご説明お願いしてよろしいでしょうか？

ミヨンは、台所の乾燥台の上に伏せてあるフライパンの形を思い浮かべた。

まずは、えーと、丸くて。

はい、お客さま。丸いのですね。

まあ普通のフライパンなんですけど、ちょっと底が深くて丸くて。

はい、ちょっと底が深くて丸いのですね。

相談員は彼女の言うことをオウムのようにくり返した。彼女は急に自信がなくなってきた。

あのですね、爆発したのはフライパンじゃなくて、ふたなんですよ！

相談員は初めて聞いたかのように、わずかに声のトーンを上げて対応した。

あ、はい、ふたですね。それでは、どのような形態のふたかご説明お願いしてよろしいでしょうか?

ガラスです。ガラスでできた、ふた。

はい、強化ガラス製のことですね。

こうして果てしなく続きそうに思われた相談員との電話は、先方がEメールのアドレスを教えてくれて一段落した。爆発後に撮った写真をメールで送ってくれと言われた。

どうして? 本当か嘘か、目で確認しないといけないってことですか?

相談員は依然として、礼儀正しかった。

そうではございませんお客さま、本社の規則がそうなっておりまして。写真からでも製品名を確認しなくてはなりませんので。確認後、私どもの方からまたご連絡差し上げます。

気まずい電話を終えた瞬間、また電話が鳴った。

もしもし。

知らない女性の声だった。低い、陰鬱な声だった。ちょっと前の相談員とは正反対だった。

スンヒョン、君のお母さんでいらっしゃいますか？

女性は毅然とした態度でもあり、せっぱつまった感じでもあった。ミヨンはその女性が言っていることの半分はわかったが、半分は理解できなかった。

＊

もしもし。

男の子の母親の声は明るく、きれいで、優しかった。ジウォンにはわかっていた。明るくきれいで優しい世界が、自分の人生から永遠に消えてしまったということが。しばらくはそんなものがあるふりをしたり、真似したりすることもできるだろうが、決して本心ではありえないだろう。スンヒョンの母親の電話番号を押しながら、ジウォンは気を引き締めた。おたおたするまい。可能な限り怒りを抑えよう。言いたいことを確実に伝えよう。

そちらでも事情を知っておかれた方がよろしいかと思いまして。

相手の女は最初、戸惑っていたが、ある程度事態を呑み込むと急にあわてだした。ええー、はいー。彼女には語尾を引っ張る癖があるようだった。「ええー、はいー」以外、全く言葉を発しなかった。ひょっとしたら少年の母親は、悪意のあるいたずら電話か間違い電話ではと疑っているのかもしれない。ジウォンは急に不快になった。

病院で、時間がないと言ってるんですよね、赤ん坊をいつまでも保育器に入れておくわけにいかないですから。

ええー、はいー。

女性はそう返したかと思うと突然、あのー、とジウォンに言った。

ええと、それで、私は何をすればいいでしょうか？

ジウォンは思わず声を上げた。

いったい何をおっしゃってるの？　うちの子が今、病院で寝てるんですよ……うちの子だけ！　責任を、全部……

のどがぶるぶる震えた。その後はもう完結した文章が出てこなかった。

ええと、私は、つまり、そうではなくて……

先方の女性は言い訳するように口ごもっていた。ジウォンは必死で呼吸を整え、女性の話をさえぎった。

あのですね。どうすべきかは、そちらでお考えになったらよろしいんじゃないでしょうか？

スンヒョンの母親はそれ以上ものが言えなかった。まだ早すぎるんだとジウォンは思った。彼女にも時間が必要だろう。しばらく経ってやっと、現実を認識することができるだろう。ジウォンは上の奥歯と下の奥歯をぎゅっと嚙みしめた。もっともっときつく言うべきだった。女性が、コホンと咳払いをした。

あの、申し訳ありませんが、今、職場におりまして。

相手の女性はいつの間にか事務的な声になっていた。

子どもに再度確認しまして、後ほどまたご連絡差し上げるように致します。

ジウォンが病室に戻ってみると、子どもがいなかった。ひょっとしてと思って新生児集中治療室の方に行ってみた。娘は昨日からずっと、赤ん坊を見たがっていた。ジウォンはその幼さに呆れた。朝、今日は絶対赤ちゃんを見に行くと言う子どもと言い争いになった。ジウォンが怒ると、子どもは金切り声で叫んだ。

何で？　私の赤ちゃんじゃない！

集中治療室の入り口の看護師が、ボミが来ていると教えてくれた。一度に二人まで面会可能なんだそうだ。

入られます？

ジウォンは首を横に振った。赤ん坊と同一空間にいる娘、赤ん坊を抱いた娘をわが目で見る勇気はない。ジウォンは怖かったし、そのことを娘に気づかれたくなかった。初日にうっかり、ちらっと見てしまった赤ん坊の姿がずっとジウォンにつきまとっていた。ほんの一瞬だった。やせた腕と足、まっ赤な、げっそりした顔にぎっしりたてこんだ目鼻口。七か月にも満たずに世の中に出てきた赤ん坊は、人間というより、母親の腹を無理やり開いて取り出した類人猿の仔のように見えた。あの小さな猿のような新生児が忘れられない。思わず赤ん坊を見てしまった瞬間から、ジウォンは後悔していた。分別もなく、見るんじゃなかった。取り返しのつかないことはしない方がよかったのだ。

『ママになったばかりのあなたのための妊娠と出産のすべて』は、もう家にない。今までに四、五回引っ越しをしたので、本がいつ、どういう経緯で紛失したかはっきりしなかった。未熟児に関する説明がその本のどのへんに出ていたかも、今やジウォンにはおぼろげだった。いやそうではない。早産予防の運動法ならいざ知らず、未熟児について書かれた箇所はどこにもなかった。赤ちゃんを待つ女性の中に、未熟児の生に関心のある者はいないだろうから。それは、運転免許をとろうとする者たちが交通事故被害者の事故後の人生に無関心なのと似た理屈だ。子どもは面会可能な時間ぎりぎりまでそこにいて、やっと廊下に出てきた。ジウォンは娘の肩にそっと手を乗せた。

ママ、うちの赤ちゃん見た？

子どもは無邪気に尋ねた。

うん、かわいいね、それに本当に小さいのね、とジウォンは言わなかった。彼女は娘に何も返事をしなかった。病室まで子どもを支えて歩いた。ボミはよたよたと歩いた。歩きながらしきりに、片方の脇の下を手で押さえた。

ママ、私ここが痛い。

乳が出はじめたらしい。

さっき看護師のお姉さんが、母乳が出たら搾って持ってきてって言ってた。赤ちゃんに飲ませてくれるんだって。

ジウォンはナースステーションに駆け込んだ。母乳を止める薬の処方を頼むと、若い看護師は困り果てた。

事情はご存じでしょう?

彼女は小声ながら厳かに言った。

おっぱいが出ちゃ絶対困るんです、すぐにでも学校に行かなきゃいけないのに。

ジウォンは自分の意思をはっきりと伝えた。病院生活とは、希望があるならそれを大声ではっきり言わない限りどうにもならないものだと、彼女はここで改めて学んでいた。それでもだめなら、もっと大声で言うしかないのだった。

赤ちゃんのママの保護者の方ですね?

誰かが彼女を信じがたい呼び方で呼んだ。振り向くと、初日に新生児集中治療室で会った医師が立っていた。

先日、動脈管開存症のことをお話ししましたよね? 閉まってないといけない動脈管が、開いているんです。動脈管とは何かというと。

過剰に親切な医師だと思った。ジウォンにとって、動脈管何とかという病気は重要ではなかった。「キム・ボミさんの赤ちゃん」は、動脈管を含む大部分の内臓機能がちゃんと備わっていない状態でこの世に生まれてきた。「キム・ボミさんの赤ちゃん」は不完全な存在だった。不完全で、危機に瀕していた。赤ん坊の法的な保護者にすらなれない未成年者のキム・ボミもまた、不完全で、危なっかしいのは同じだった。

四日めですが、赤ちゃんはほんとによく頑張ってくれていますよ。けれども体重が非常に早く減少しています。酸素飽和度の数値も悪いですし。手術は早ければ早いほどいいんです。

比較的簡単な手術だという。肋骨の間を切って、開いている動脈管を結束してやればいいというのだ。

手術したら？　健康になりますか？

あ、もちろん、そうではないんですが、いったん危険な状況を食いとめることはできます。

しなかったら？

いつまで持ちこたえてくれるか、確信が持てません。

生き延びる可能性がないとは言えないが、結局はほとんど死に至ると医師は言った。

ジウォンは胸がどきどきした。ひょっとしたら、絶たれたかと思ったまさにそこから道は再びかすかにつながっているのかもしれない。

毎食後、何個か出る鎮痛剤に、白い錠剤が二分の一個追加された。乳腺に作用するホルモン剤だ。雨水のようにぽたぽた垂れていた乳が、夕方からぴたりと止まった。ボミは素早く回復していった。わかめスープに入れたごはんも毎食一杯ずつ平らげた。もう、一人で秘密を抱えて苦しまなくてもよくなり、気が軽くなったせいかもしれない。退院は火曜日に決定された。特に問題のない自然分娩の場合は、二泊三日の入院が通例だ。ともあれ一週間は学校を休まなければならないだろう。学校にはひとまず、盲腸の手術をしたと言いつくろっておいた。子どもの担任は別に疑っていない様子だった。ありがたいことだ。今のこの状態では、内申書に関わってくる欠席日数の問題まで悩んでいる余力はない。目と鼻の先に迫った二学期の素行評定についても同じだ。

退院手続きをしに行こうとしていると、初めて見る女性レジデントが会いに来た。手術同意書のサインをもらいに来たという。

後でお願いします、後でやりますから。

これ以上遅らすわけにいかないとおっしゃってるんです、先生が。

吹き出物がいくつかぽこぼこ浮き出た化粧っ気のない彼女の素顔を、ジウォンは盗み見るように眺めた。うちの子より何歳上なんだろう。九歳？　十歳？　十年ぐらい経ったら、娘は何になっているだろう。十年前のことで何を記憶し、何を忘れているか。十年前のことに足首を縛りつけられて身動きもとれない人生なんてよくない。まだ心の準備ができていないものですから。

ジウォンは本を読むようにつぶやいた。

もうちょっと考えてみて、お話しします。

レジデントは眉を一度上へ上げてから、手ぶらで帰っていった。

＊

M社からの連絡はなかった。顧客サービスセンターはずっと話し中だった。ミヨンが送ったメールが受信されたことは確認できたが、返信はなかった。フライパンや鍋のガラスのふたが急に爆発する事故は、思ったより珍しくなかった。インターネット検索でミヨンは多くの事例を見つけた。被害者たちはみな、怒りで爆発しそうな胸中を訴えていた。海鮮鍋がぐらぐらに煮立ってたんです。唐辛子を刻んで今まさに入れようとしてた瞬間で、ふたに手を持っていっただけなのに、あの鍋で海鮮鍋を作ったのが間違いってことなんですかね？　私はわかめスープでした、それに火は消してたんですよ。今でもひやっとします、もしもガラスの破片が顔に飛んできてたらどうなったと思います？　目に飛んできてたら？　彼らを怒らせているのは一様に、メーカーのアフターケアの悪さだった。すみませんというありきたりな謝罪の一言もなかったです。すみませんって言ったらミスを認めることになるからでしょうね。彼らが受けとった補償は、爆発した製品と同じふただった。ときどき、ふたを含めたフライパン一セットをもらったケースもあった。もしも自分にもM社からまったく同じふたが送られてきたとしたら？　ミヨンはそのふたを持って顧客サービスセンターに行き、それを床に力いっぱいたたきつけるところを想像した。ガラスは粉々になるだろう。いくら想像しても気が晴れることはない。

簡単な食事会が終わってかなり遅い時間に帰宅するとき、家まで送ってあげようか？　と男からメールが入った。返信しなかった。P大学病院は遠くないところにある。ミヨンはそっちの方向へ歩いていった。ここ何日かで風がすっかり涼しくなった。どこからか飛んでくる空中のいがらっぽい成分が、しきりと雑念をかきたてる。病院のロビーに入ると、我慢していた酔いが回ってきた。一階のエレベーターの横についている階ごとの案内図をひとしきり見つめた。新生児集中治療室のドアは閉まっていた。面会時間は十二時三十分から午後一時までと書かれた案内板が見えた。明日のその時間帯には、重要な契約があるのに。本当に久しぶりにつかんだビルの売買なのに、と心の中でつぶやいてみる。赤ん坊はどっちに似たのかしら。どんなに小さいだろう。

その小さな体にどんなに複雑に、何本もの管が装着されているのだろう。目を開けているだろうか、つぶっているだろうか。名前はあるんだろうか。エレベーターは、上ってきたときと同じスピードでミヨンを再び一階におろした。

翌朝、息子は寝坊した。このごろ、広くもない家で二人はお互いの動線を巧妙に避けて動いていた。スンヒョンはすべてを認め、否定したりしらを切ったりするつもりは最初からなかったようで、それが彼女の胸を引き裂いた。

お母さんが三年だけ育ててくれればいいじゃないですか。

何日か前には、泣きそうな顔でそう言った。

すぐじゃないか。僕が卒業さえすれば。

その日ミヨンは、産んで以来初めて子どもを叩いた。

手のひらで、げんこつで、手当たりしだいに打ちすえた。女の子の母親からはその後、電話はかかってきていない。私だって母親だもの、その気持ちは十分わかると思うと心苦しくもあり、耐えられないほど不安でもあった。もしやと思い、今すぐ用意できるお金がどれくらいあるか計算してみた。全額ではなくとも誠意の限りを尽くして、赤ん坊の入院代は負担するのが道義的責任だろう。息子の気持ちを汲んでもそうすべきだった。それはミヨンの気持ちでもあった。だが、金で埋め合わせしようとしていると非難されるかもしれない。または、すべてこっちが引き受けるという意味に誤解される可能性もあった。五百万ウォンまでというのが、彼女が覚悟している、慰謝料を含む医療費分担額の上限ラインだった。

スンヒョンを起こそうとしてやめた。冷蔵庫には使える食材があまりない。やっぱり、どこから見ても心ここにあらずの状態になっているのだ。しなびる直前のきゅうりと卵二個、賞味期限ぎりぎりのハムを取り出した。冷凍室に保存してあった食パンを解凍し、サンドイッチでも作るつもりだった。フライパンを適当に引っ張り出してみると、爆発事故のときに使っていたあのフライパンだ。目玉焼きを作り、ハムを焼くのにふたは必要ないだろう。フライパンをガスレンジに載せた。注意深く卵を割った。卵になかなか火が通らない。そのとき不意に変な気持ちになった。

ミヨンは棚を開けてみた。確かに彼女の目の前で粉々になってしまったはずのガラスのふたが、棚の中におとなしく収まっていた。強化ガラスは傷一つなくきらきら光っている。焼けていく目玉焼きの上に載せてみた。ぴったりだ。棚に入っている鍋とフライパン、そしてふたを全部取り出した。一つずつ組にしてみた。M社のフライパンのふたは一つなのに、本体が二つある。ホームショッピングで二個セットを割引で買った記憶が、そのときになって蘇った。

二つのフライパンは柄の色が違う。残っているガラスのふたはグレーの柄のフライパンにぴったりで、黒い柄のフライパンにはほんの少し小さかった。割れてしまったふたは、グレーの柄のフライパンより直径がほんの少し大きかったのだろう。同じに見えたが違っていたのだ。そのたった何ミリかの違いに、その差に、M社は最初から気づいていたに決まっている。あっけなく飛び散ったガラスのかけらと、その横に半分ぐらい写ったぼやけたフライパンの写真を見るだけでも、専門家ならすぐに製品番号を当てられただろう。新品の樹脂コートフライパンどころかまともなふた一個さえ弁償されなくなったことが悔しくて、いや、それよりも、こんなフライパン一個のために嘘つきになってしまったことが悔しくて、彼女は大きなため息をついた。そろそろ本当に子どもを起こさなくてはならない時間だった。

＊

娘の制服はだぶだぶには見えなかった。今さらだが、妊娠しても体重はほとんど増えなかった証拠だ。悪露が少し出てきたが、中くらいのナプキンで間に合う程度だった。ずっと座っているのは辛いと子どもが言った。でも、いつまでも学校を欠席させるわけにはいかない。子どもは義務と責任について、毎日やるべきことの大切さについて学ばねばならない。ジウォンは子どもを助手席に乗せて学校の前まで行った。車を止めて、ちゃんと校門に入っていくかどうか二つの目で確認した。学校の終わる時間に合わせてまた迎えに来なくてはいけない。後の祭りだとしても構わない。それは自分への約束のような行為だった。

子どもをおろして大型スーパーに寄った。出張に行っている夫は今夜、飛行機で帰ってくる予定だ。彼にどう話すかはまだ考えていなかった。一生隠すつもりはないが、いつが適切なタイミングか判断するのは難しい。夫がスンヒョンに会いに行って血まみれにするような人だったら、違っていただろうか？　何より、彼が自分の親にべらべら話してしまう可能性がいちばん心配だった。姑から小姑たちへ、その配偶者たちへ、彼らの友人たちへ、そのまた友人たちへ、みんなに口止めしている間に、めったにない噂として世間じゅうに広まってしまうだろう。

青果コーナーで梨を選んでいると、携帯が鳴った。P大学病院と思われる番号だった。ジウォンはすぐに梨を置いてあたりを見回した。赤ん坊は今日で十五日、保育器の中にいる。動脈管を縛る手術はずっと保留にしたままだ。三日前にも病院の方から、もう決定なさいましたかと電話が来た。そのときも彼女は、まだですと答えた。今週の金曜日までにはとにかく返事をしようと、ジウォンは決心していた。だが、決められた期限が心の中でしきりに、勝手に延びていくのを彼女もどうすることもできなかった。

すぐにいらしてください。片手で口をおおって電話に出た。

何かあったんですか？

赤ちゃん、夜中までは頑張ってたんですが、朝になってがっくり酸素飽和度が落ちたんです。心拍数もよくないです。今日を越せるかどうかが難しそうなんです。

手のひらでおおった唇の間からは、重いため息も、笑いも出てこなかった。彼女はまた道に出た。事故があったのか、道路の渋滞がひどかった。誰かが鳴らしたクラクションが合図になって、ドライバーたちが我も我もとクラクションを押したてていた。耐えられないほどひどい音だと、ジウォンは思った。ハンドルに突っ伏して泣くこともできなかった。空が並はずれて青かった。まっ青な光のドームが屋根となり、ふたとなってこの世をおおっているようだった。巨大なふただった。

私たちの中の天使

そのとき私たちは一緒に暮らしていた。ある日曜日の午後、私はフリーペーパーを床に敷いてペディキュアを塗っていた。ナムウはベッドに寝て天井を眺めていた。ナムウが何かつぶやくのが聞こえた。誰でも死ぬ、または誰かが死んだと言ったようでもあった。ナムウが重たい体で寝返りを打つと、ベッドの枠がぎしぎし鳴った。突然、彼がマットレスにげんこつをぶすっと振りおろした。それは今までに私が目撃したナムウの行動の中でいちばん暴力的なものだった。私はやっていたことをやめて、振り向いた。

誰か死んだの？

違うよと、ナムウは言葉を濁した。私は変な気持ちになった。確かにこのごろ、ナムウは微妙に変わった。私たちが一緒に暮らしはじめてほぼ一年が経っていた。一緒に暮らそうと決めたころ、私たちはお互い、相手にすっかり惚れ込んでいた。ナムウは先輩と、私は前の職場の同僚とルームシェアをしており、それぞれのルームメイトがいないすきを狙ってお互いの部屋に行ったりしていた。あるときなど、ナムウの部屋で愛し合っていると急に玄関の暗証番号を押す音が聞こえてきた。私は何も身につけずにあたふたとトイレに隠れなければならず、事情を察したナムウのルームメイトがあわててまた出て行った後、やっとトイレから出ることができた。私のルームメイトが結婚することになったとき、ナムウのルームメイトの外国行きが決まり、その時期が重なったので、私たちは別々に新しい同居人を探す代わりにお互いの同居人になることに決めたのだ。

生活費に関しては最初から原則を決めていた。家賃と公共料金は折半し、食品代と外食費はそれぞれ同じ金額を出して共同名義の通帳に入れておくことにした。実際に生活してみると、この基本原則では判断に困るケースが続出した。ナムウが連れてきた小型犬のアニーの医療費なんかがそうだ。老犬のアニーはよく病気になり、ナムウはそのたび動物病院に駆け込んだ。診療を終えた後、彼は当然のように生活費が入った共同名義のカードで支払いをした。

彼の犬はしばらく前から歩くときに後ろ足をちょっと引きずっているようだったが、ある夜突然立ち上がれなくなった。獣医師は、脊髄の内部にできた悪性腫瘍が神経を圧迫しているという診断を下した。すぐに手術しなければ何日ももたないだろうという説明を聞きながら、私は不安になった。ナムウは待合室の片すみで顔をおおってすすり泣いていた。彼が泣くところを初めて見た。手術代がいくらなのかは私が聞いた。二百万ウォンぐらいだという。私の月給を上回る金額だ。手術さえすれば助かるのかと聞いたのはナムウだった。開腹してみないとわからないので確約はできないが、五分五分で助かる希望はあるという答えが返ってきた。ナムウが力一杯うなずいた。ナムウは暗闇の中で一筋の救いの光を見出した人のように見えた。私は、妙なことになったなという気持ちに襲われた。

それって、助からない可能性が五十パーセントってことじゃない？

動物病院の待合室で、こんな私の反論に答えてくれる者は誰もいなかった。ナムウの耳にはもう、私の声など聞こえていなかったらしい。この空間でいちばんせっぱつまった人間は私だということがわかった。助けるための相談は大声でできるけど、殺すための相談はそうはいかないのだ。私は、安易に判断すべきじゃないよとナムウを説得した。命を無理に引き延ばすのは、やってはいけないことなんじゃないかと。

一時的に峠を越すかもしれないけど、それはアニーの苦痛を長引かせることになるよ。

ナムウが私の目をまじまじと見た。しばらくして彼は私の肩に両手を乗せた。

アニーは僕の唯一の家族だ。今の話、聞かなかったことにするからね。

緊急手術は成功裡に終わった。アニーの腫瘍は無事に除去され、アニーは走れない犬になった。だが回復室の前で、私は笑うことができなかった。ナムウが、目を覚ましたアニーを懐に抱いて感激を満喫している間、果たして彼がどのカードで決済するのかと私は神経を尖らせていた。そんな本音を誰にも打ち明けられないことがつくづく寂しかった。ナムウが財布から取り出したのは、私たちが共同で使っているカードではなかった。彼は自分のカードで二百万ウォンを一回払いで決済した。スポーツジムのパートタイムのインストラクターであるナムウの稼ぎは私と似たりよったりか、ちょっと少ないはずだ。彼が私のために二百万ウォンのお金を、一分のためらいもなく差し出すところを想像してみてやめた。犬の命と私の命を同じはかりにかけたくはない。

その夜、私たちは大げんかをした。表面上の理由は、ナムウがベッドで私の下着の中に手を突っ込んできて、妊娠可能期間だと言ったのにその動作をやめなかったからだ。私はバッと起き上がって座った。枕元のスタンドをつけた。ナムウが眉をひそめた。私たちはいつも超薄型コンドームをネット通販の底値で買って使っていた。ナムウは引き出しからコンドームを取り出そうとも、言い争いをやめようともしなかった。ナムウが言った。

何で君はいつも先に心配するんだ？　問題ってのは起きる前に心配するもんじゃない、起きた後に解決するもんだ。

この問題は、口内炎の再発とか足首の靭帯が伸びたとかいうのとはまったく違うのに、彼はそれに気づかないふりをしている。

違うよ。私の人生には何の問題も起きないんだから。こんな狭い部屋で、死にかけた犬のそばで子どもを育てるなんてことは起きないの、絶対にね。

私が言い終わる前に、ナムウはスタンドをぱちんと消した。ベッドの足元で小さな体をすっかり丸めているアニーのシルエットが見えた。私とナムウはそれぞれの暗闇の中で寝返りを打ち、眠った。

一日一日が過ぎていった。間もなくこのワンルームの契約満了日がやってくる。契約更新について、ナムウと話していない。ナムウも私に意見を聞かない。私は、二人に残されたのはもはや別れ話だけだと思うようになっていた。この別れ話が同居の終了を意味するのか、または恋愛関係そのものの根本的な終了を意味するのかはわからなかった。ナムウの言う通り、先に心配してもしょうがないということだけはわかっていた。

足の爪に塗った色の濃いエナメルはなかなか乾かなかった。

ねえ、ミソ。

背中を向けて横になり、何かじっと考えていたナムウが急に私の名前を呼んだ。

いくらぐらいあったら一生暮らせるのかな？

どう暮らすかによるんじゃないの、と私は答えた。ナムウは返事をしなかった。間もなく彼は、急ぎの用事を忘れてたという口実で出かけてしまった。日曜日は私たちが一緒に休める唯一の日で、私とナムウは今まですべての日曜日を一緒に過ごしてきた。一人の部屋に座って、私は月曜日になったら不動産屋に行かなくちゃと決心した。今の半額の保証金で部屋を借りられるエリアを探さなくてはいけない。

珍しく日のよく入る午後だった。布団の洗濯でもしようかと思って押し入れを開けた。布団を積んである横に、初めて見る黒いスーツケースが置いてあった。けっこう高級そうな、機内持ち込みサイズのバッグだ。ナムウがこんなもの持ってたっけ。私は片手でそれを持ち上げてみた。ずっしり重い。鍵もついていないし暗証番号も設定されていなかった。

バッグはあっけなく開いた。その中にきちんと並んでいたのは、五万ウォン札の束だった。札束がバッグの中にぎっしり詰まっている。その紙束の方へ手を伸ばそうとしてびくっとした。いつの間にか、アニーが足元に近づいてきていた。老犬が、すべてを知っているような澄んだ瞳で私をじっと見上げた。私はあわててバッグを閉めた。

前から話そうとは思ってたんだ。

ナムウは比較的淡々としていた。三分の一開いていた窓を閉めてブラインドまでおろすと、彼は口火を切った。

信じられなかったら信じなくてもいい。

その瞬間、この話を聞いたら最後、もう聞く前には戻れないだろうという予感がした。彼は、しばらく前にある男性が職場を訪ねてきたと言った。ジムの一階のコーヒーショップでその男はナムウに、自分の正体を告白した。男は、彼の兄だった。

どういう意味で兄って言ってるの？

私の問いにナムウは、実の兄、と答えた。

きょうだいはいないって言ってたじゃん。

うん、そう言ったよ。

ナムウが私の視線を避けた。

でも、いたんだ。

私はめんくらった。ナムウは私と初めて出会ったときから、自分はずーっと母さんと二人きりで暮らしてきたと言っていた。でもおばさんが何人もいたから、すごくかわいがられ、大きくなったことも、家族の意味がどういうものかよく知っているということも、母さんは亡くなったけど母方の親戚とは仲良くつきあっていることも話してくれた。私から尋ねて教えてもらったのではない。彼は、父さんについては一度も具体的に語ったことがなく、私も聞かなかった。父親についていえば、私だって自分の父さんのことを知りたいとは全然思わないのだもの、人の父親のことを知りたがる理由がどこにあるだろう。虚を突かれた感じがしたのは彼の嘘のせいではない。ナムウはだまそうとして人をだませるような男ではないと固く信じてきたからだった。

実の兄は実の兄なんだけど……

ナムウがちょっと間を置いた。

半分だけ実の兄なんだ。

私たちはしばらく黙った。

僕も知らなかったんだよ。うんと小さいとき一回会ったことはあったけど、その後は会ったこともなくて。

まあ、よくあることではないがありうる話ではある。私の両親もずっと前に別れ、めいめい新しい人と出会ってちゃんと暮らしている。私もそんなことをナムウに話したりしない。私がほんとに知りたいのは、空からポンと落ちてきた実の兄とあの札束の関係だけだった。

じゃあ、あのバッグはお兄さんがくれたの？

ナムウがうなずいた。

もしかして遺産でも受け継いだ？

そんなんじゃないよ。まだ。

ナムウの瞳が一瞬揺れてから止まったのを、私は見た。

まだ、という言葉の中に隠された意味がそのときはわかっていなかった。私はあの札束を、遅ればせながらナムウが受け取ることになった慰謝料とか、滞っていた養育費程度だろうと勝手に推測していたのだ。いずれにせよ彼は運のいい方に属する。失った家族を見つけたとしても、全員が幸福になるわけではないのだから。私が近くで見てきた人生の数々は、カレンダーの中の平和な風景みたいなものではなかった。半分だけの兄か完全な兄かより重要なのは、何かを奪っていく側か、与えてくれる側かということだ。私にとっては、ナムウがあれをずっと押し入れにしまっておくのかどうかということだけが関心事だった。

もらったことはもらったけど、使えない金なんだ。

世の中に使えないお金なんてある?

ミジ、世の中にはさ、ただで使える金はないんだよ。

私は気分を害した。何となく、試されているような気がしたのだ。ナムウは今、あのバッグの所有者は明らかに自分であり、私は第三者にすぎないと暗に釘をさしているのだろう。私の声はぴんと張り詰めた。

あれを使うか使わないかはあんた次第だけど、ここに置いておくのは別問題だよ。ここは私たち二人の共同空間で、あの押し入れだってそうなんだから。このあたりが全然安全な地域じゃないってこと、あんただってよく知ってると思うけど。

私の言葉は嘘ではなかった。実際、何か月か前にこのワンルームマンションに空き巣が侵入して、警官が来たこともあったのだ。ここがどんなに安全ではないかを強調してみると、押し入れに入っているものがお金の入ったバッグではなく、時限爆弾であるように感じられた。どこからかカチカチ秒針の動く音が聞こえてきそうだった。

私が立ち上がろうとすると、ナムウが急に腕をつかんだ。彼はあたりを一度見回して、救国秘密決死隊の組織員みたいに悲壮な調子で言った。

あれは一種の契約金みたいなもんなんだ。

何の契約金？

死の。

私は、歯を食いしばっているナムウのあごをじっと見た。

インターネットのポータルサイトの検索窓に「チェ・ドンウ」と入力すると、いちばん上に「チェ・ドンウ整形外科」に飛ぶリンクが出る。だがそこを見ることはできない。このサイトのサービス期間は終了したというメッセージが出るだけだ。一時は存在したが、今は痕跡だけが残っているその病院のオーナー院長がナムウの兄さんだという。グーグルで検索すると、青い手術着を着たチェ・ドンウという名前の医者の写真が一枚ヒットすることはした。いつ撮ったのかわからない、年齢を推測しづらい顔だった。彼は敏捷そうにも見え、親切そうにも見え、疲れても見えたし、邪悪にも見える男だった。どんなにじっくり観察しても私の目では、チェ・ドンウの顔とナムウの顔に似たところを見つけることはできなかった。どっちが父方に似ているのか、父親の顔を見るまでは判断できない。二人の男の父である老人の写真は、ネット上でどんなに探し回っても出てこなかった。ナムウは父さんの写真を一枚も持っていなかった。彼は一九八八年以後、父親本人に会ったことがなかった。

ナムウは、このところ、腹違いの兄に十回にわたって会ったと言った。週に二、三回ということになる。そのへんの恋人たちのデートの回数より多い。二人は主にコーヒーショップで過ごしていた。整形外科の専門医である四十四歳の男と、ジムインストラクターである三十歳の男が深夜にコーヒーを飲みながら話せる共通の話題とは何だろうか。健康の話をいっぱいしたよと、ナムウは言った。

病院がつぶれた後しばらく、酒ばっかり飲んでたらしい。そのとき体をずいぶん悪くしたんだって。

ナムウの声には心配がにじんでいた。彼らは母が違い、姓も違っていた。チェ・ドンウが父の姓を継いだのとは違い、ナムウは母方の姓に従ってキムになった。チェ・ドンウは老人の家族関係証明書に載っている唯一の子だった。その人、ほんとに実のお兄さんなのと私はもう一度尋ねたが、その中には、あんたがその老人の実子だというのは確かなのか、という本音が混じっていた。ナムウは、たぶんね、と言った。自分の名前が「南」という字を使う「南ウ」で、兄さんの名が「東」を使う「東ウ」だというのを見ればわかるじゃないかというのだ。チェ・ドンウの母さんは東海岸に住む女で、ナムウの母さんは南海岸に住む女だったというわけだ。それが証拠だなんてめちゃくちゃな話だなあ。それなら全国津々浦々に、いろんな名字の西ウ、北ウ、北北ウ、南東ウ、東西ウ、などなどの名前が存在しない保証がどこにあるというのか。だったらどうだっていうんだい、とナムウが聞き返した。

兄さんが探し出した弟は僕一人なんだから。僕はそれで十分だよ。

チェ・ドンウがナムウを探したのは、用件があったからだ。彼はナムウに「天地プロジェクト」のパートナーになってくれと提案したのだった。

天地？

うん。それがビルの名前なんだ。

空を意味する「天」、土を意味する「地」。その名前と同じくらい、プロジェクトの概要も単純明快だった。一、老人が死ぬ。二、法律上彼の一人息子であるチェ・ドンウが天地ビルを含む老人の資産すべてを相続する。三、チェ・ドンウが相続した遺産の一部をナムウに分ける。それで全部だ。第三の条件が履行されるためには必ず、第一の過程にナムウが関与していなくてはならない。これは一人がもう一人に一方的に服従する契約ではなく、双方の合意に基づく相互に平等な契約だからだ。ナムウが契約を履行する方法は簡単だった。老人を死に至らしめればいいのだ。

殺すのとは違います。

ナムウの兄さんはナムウに丁寧語を使った。それはナムウに、親密さと緊張感を同時に呼び起こした。

時期をちょっと前倒しするだけです。人は誰でも死ぬのですから。

詭弁だが、妙に説得力のある意見じゃないかとナムウが私に聞いた。

言葉に詰まった。誰でも死ぬ。それは確かに科学的事実だ。でも、その時を決定するのは人間の領域外の仕事であり、それができるのは神だけじゃないのか？　人間はただ、謙虚に待つ存在じゃないのか？　私は答える代わりに、自分にはそのプロジェクトは理解しがたいし、不完全なものに感じられると言った。この計画の本質は第一の過程にある。それが先行しないことには何も始まらない。でもその男は、そのいちばん重要な過程をナムウに任せようとしている。ナムウには失敗したり、心変わりしたり、裏切る可能性がある。チェ・ドンウはナムウをよく知らない。それなのになぜ信じるのか？　信じると言えるのか？　私はこの計画でこの部分がいちばん気になった。

兄弟だから。

ナムウがゆっくりと答えた。

僕も最初はちょっと変だと思ったけど。

何度も考えてみたら、チェ・ドンウを理解できたと言うのだった。

兄さんが言うんだよ。僕と協力するのが父さんへの最後の親孝行だって。

生涯、守銭奴と言われながら死にもの狂いで作った財産なのに、その一部でも赤の他人に取られたら、子としての道理が立ちそうにないというのだ。それなら誰かと分けたりしなくてもいいように、全過程をお兄さん一人でやったらいいじゃないですかとナムウが疑問を呈すると、チェ・ドンウはハハハと笑ったそうだ。

君の目には私がそんなに勇気ある人間に見えますか。私は怖くてできませんよ。

あー、僕もそれほど、勇気は。

いや、君は私よりずっと勇敢ですよ。一人の力でこんなにちゃんと生きてきたじゃないですか。

その男がそう言うと、尖ったものが胸をかすめて通り過ぎたとナムウが告白した。

これは一人でできることではありません。君と私が一緒にやらなくてはなりません。それでこそ二人は一生、お互いを見守りながら生きていけるでしょうから。こんなひどいことを二度としないように。正しく生きていけるように。私たちがそうやって助け合い、支え合って生きていけば、父さんも安心されるでしょう。

老人の財産が正確にどれくらいあるのかは、チェ・ドンウも知らないのだそうだ。鍾路(チョンノ)のテナントビルである天地ビル以外にも、仁川(インチョン)や水原(スウォン)の中心街に似たようなビルが一つずつあり、そのほかにも全国のあちこちに土地をたくさん持っているという。相続が完了したらチェ・ドンウはすぐに天地ビルを今風なスマートなものにリノベーションし、仁川と水原のビルは急いで売りに出す予定だった。税金を除いた売却代金は安全な方法で現金化し、それをナムウと五対五で分けようというのだ。彼は、自分の取り分の三分の一は債務の返済に使い、残りは新しい病院の開業資金と、留学している子どもたちのために使うと言った。子どもたちは音楽を勉強しているそうだ。リノベーションで天地ビルの価値が上がったら入居者を入れ替える予定だった。ナムウが望むならそこに社会人向けのジムを開いてもいいという。

何て答えたの？

考えてみるって言った。

アニーがナムウの膝の上に前足を乗せてくんくん鼻を鳴らした。ナムウが老犬の首筋を手のひらでゆっくりと撫でた。その様子を見ながら、私はさっきからずっと気になっていたことを尋ねた。

だけど、どうして私に全部、話すの？

ナムウの目が丸くなった。

愛してるから。

それは予想もしない答えだった。証人が必要だから、というような答えを私は予想していたのだと思う。私には、彼が危険な状況に陥ったときに喜んで証人になってあげるぐらいの小さな勇気はあったから。もしも法廷に立つことになったら、ちょっとは偽証になってでも、チェ・ドンウとキム・ナムウのうち、キム・ナムウに有利なように陳述するだろう。世の人々はそういうのを愛と呼ぶかもしれない。

君だったとしても僕に全部話しただろ。

ナムウがそう言った。いや、彼は間違っている。私ならそうはしなかっただろう。誰にも言わないだろう。ある感情が私を雲のようにふくらませた。ナムウは犬を床におろして私を抱きしめた。ナムウの胸板は私の上体がすっぽり埋まるほど広々として固かった。しばらくの間、彼はぴくりとも動かなかった。私も動かなかった。こんなふうに二人でじっとしているのはすごく久しぶりだと思った。上の階のどこかで、便器に水を流す音が聞こえた。

何日か後、バスに乗って天地ビルを見に行った。そこを通るために私はわざわざ循環バスに乗ったのだ。ビルは大きくはない通りの交差点にあった。私を乗せたバスがちょうど赤信号で止まったため、かなり時間をかけて窓の外を見ることができた。天地ビルは予想よりはるかにどっしりした古いビルだった。すらりとした瀟洒な新築ビルに囲まれているのでなおさらそう見えたのだと思う。大小の看板が外壁全体にべたべた、ごちゃごちゃ張り出されていた。コンビニ、薬局、コーヒーショップ、東洋医学のクリニック、歯科医院、冷麺店、ネットカフェ、中国語教室……私は一階から順に数えていった。一階、二階、三階……すぐ数え間違えてしまう。いつの間にか信号が変わり、ビルは視野からすばやく遠ざかった。私は遠ざかる天地ビルの最上階のいちばん端の部屋、一度も行ったことのないその部屋と、その部屋にいる老人のことを思い浮かべた。

老人は七十一歳だった。最後の女性がずっと前に去って以来、長く一人暮らしだった。今や彼は誰も信じない老人だった。彼は自分が決めたパターン通りに暮らしていた。毎朝、地下鉄と徒歩で出勤し、毎日夜遅く帰ってくる。彼には1型糖尿病という持病があった。一時は非常に危険な時期を経過してきた。峠を越してからというもの彼は口数がかなり増えたが、そのほとんどを、ビルの入居者や雇用者をせっついたり責めたりすることに使っていると、周囲の人たちは考えていた。健康への執着は並はずれているらしく、それが日ましにふくらんでいくので、このままだとゆうにあと二十年は持ちこたえるだろう、これは息子としてではなく医師としての予測だとチェ・ドンウはナムウに言った。二十年後といえば自分は還暦を過ぎており、今の財政状況から見たら、それより前に破産して監獄にいる可能性も大きいと話すときには真顔だった。

　または、フィリピンとかカンボジアなんかに隠れているでしょうね。外国で、永遠に無期懲役囚のような人生を送っているでしょう。

　それを聞きながらナムウは何を思ったのだろうか。二十年後にはナムウも私も五十歳だ。飼っていた老犬は死んでいるはずで、誰を家族と思って暮らしているだろうか、ナムウは。五十歳のジムインストラクターはいないだろうが、何をして暮らしているだろうか、ナムウは。じゃあ五十歳の私は、私は……

　何日か後、ナムウが四角い木の箱を一つ持って帰ってきた。ふたを開けたら金の飾りつき万年筆とかオパールのブローチなんかが入っていそうな箱だ。中にあったのは、丸い薬のケースのように見えた。包装用のエアキャップで何重にもぐるぐる巻いてある。インシュリンの注射剤だった。老人は日に二回ずつ、自分で自分の腹部にインシュリンを注射する。一九八〇年代に作られた老人の赤褐色の革のかばんの中には、お昼に打つインシュリン注射薬と注射針が常備されている。それをこれにすり替えようというのがチェ・ドンウのアイディアだった。それは、老人にふだん投与されているものの何倍もの濃度にインシュリンが凝縮された薬剤だった。いつものように自分の手で注射をした後、老人は低血糖ショックに陥り、やがて昏睡状態になるだろう。非自発的な自殺というわけだった。

苦痛はほとんどないでしょう。

チェ・ドンウが断言した。ビルの警備員と駐車場管理員、清掃スタッフが出勤せず、ビル内の店舗のほとんどが閉まっている日曜日の午前中が、彼が選んだタイミングだった。唯一の相続者である息子には確実なアリバイが必要だ。こんどの週末、チェ・ドンウは東京の学会に出席する予定だった。悲報に接して急遽帰国するのに都合のいい場所である。木箱は、冷蔵庫の、キムチの容器と牛乳パックとプラスティックの卵入れの間に置かれた。明太（ミョンテ）の塩辛の箱だといえば信じられそうでもあった。思わず冷蔵庫を何度も開けたり閉めたりした。

そんなことしたら変質するかもしれない。

ナムウが一言言った。大声ではなかったが、何となく胸にどーんと落ちるような声だった。

三日が過ぎた。その三日間でいちばん記憶に残りそうなことは、アニーが倒れた事件だ。ナムウが仕事に出て私一人で家にいるときだった。私は芸能番組を見ていた。大勢の芸能人が盛んに飛び跳ねている姿を見ながら、夕食のカップラーメンを食べた。冷蔵庫を開けずにできる食事といえばそれだったのだ。飛び跳ねることのできないナムウの犬がいつの間にか横に来てうずくまっていた。私は犬の口に麵を何本か入れてやった。

この前アニーが倒れて以来、ナムウが見ていないときに私はときどき、自分が食べていたものをアニーに分けてやっていた。ラーメンを嚙みながら後ろ足をずるずる引きずってバスルームの方へ向かっていた犬が、急にその場に止まった。犬の体がぶるぶる震えたと思うと、力の抜けた後ろ足がずるずると伸びた。崩れ落ちるようにそのままうずくまった。舌をぐっと突き出し、目はびくとも動かない。だらりと垂れたその青灰色の舌を、私は困り果てた気持ちで見ていた。何でよりによって、私一人のときにこんなことが起きるのか。私の人生はいつもこんなふうだった。私につきまとう不運への怒りがこみ上げてきた。

ナムウは電話に出なかった。犬の四肢がかちかちにこわばっていく間、何度も通話を試みたが、つながらなかった。アニーは動かなかった。外がまっ暗になっていき、犬の生命が徐々に絶えつつあることが感じられた。私は老犬が死んでいく部屋にいた。それは私が間近で目撃する初めての死だった。押し入れにはお金の詰まったバッグ、冷蔵庫にはインシュリン注射剤が入っていた。どちらもナムウのものだ。ナムウは唯一の家族の臨終を看取ることができなかった。最後のあいさつもできなかった。本心とは関係なく、起きることは起きる。でもアニーの呼吸は完全に途絶えただろうか？

待っている間、私は食べていたカップラーメンを流しに空け、はしをたわしでごしごし洗った。いちばんいいタオルでアニーの体をくるんだ。わずか二十分ほど前には何ともなかったのに、犬の骨と毛の手触りは嫌な感じだった。私は冷凍庫の扉を開けた。ビニール袋に入っている、ずっと前に忘れられてかちかちに凍っている肉を全部取り出し、代わりにアニーを突っ込んだ。か細い犬の体はその四角いすき間にぴったりとはまった。アニーが体の小さい動物でよかった。冷凍室の扉を閉めた。それが私にできる最善のことだったのだ。押し入れにはお金の詰まったバッグが、冷蔵庫の冷蔵室にはインシュリン注射剤が、冷凍庫には犬の死体が入っている部屋に一人で座ってナムウを待った。

ナムウは夜中の十二時になってやっと帰ってきた。ちょっと酒の匂いがすることはしたが、完全に酔っ払っているわけではない。ごめんな、と彼がつぶやいた。何がごめんなのかと聞くと、全部、だよと言う。ナムウは上着も脱がないまま倒れて眠ってしまった。死について話す機会を逃した。残り時間がどんどん減っていく。私はナムウの横に寝て長いこと、転々と寝返りを打っていた。

目を覚ますとすぐに窓の外を見た。晴れてもいないが曇ってもいない日曜日の朝だ。雨だれが落ちているわけでも、濃霧がたれこめているわけでも、風が激しく吹いているわけでもない。ナムウを揺すって起こした。

もう八時だよ。

ナムウが目をぱちぱちさせた。

日曜じゃん。

ナムウは私があげたヒントに気づいていないらしい。出勤しなくてもいい日じゃないかと、彼が聞き返した。

あれ、今日でしょ？

カードの決済日かバーゲンセールの最後の日のことみたいに聞こえたかもしれない。とまどっていた彼の視線が一瞬、冷え冷えとしたものに変わった。

あれ、やらない。

ナムウがまた壁の方へ寝返りを打った。

ほんとにやらないの？

じゃあ、やると思ってたの。

ナムウの首と肩をしばらく見おろした。かちかちにこわばり、頑固そうで、少し悲しげに見えた。私は彼の背中に黙って片方の頬をつけた。

行こう。

返事はなかった。

私が一緒に行ってあげるから。

ナムウの背骨がぴくっと動いた。

天地ビルの入り口を見張っている者はいなかった。私たちはすぐにエレベーターに乗った。

私は五階で、ナムウは六階で降りることにした。六階には管理室があった。日曜日には誰も出勤しておらず、ビルの持ち主である老人が、総合病院の当直医師の回診のように建物のあちこちを巡回する。私は五階と六階の間の非常階段で老人を待ち、ナムウは六階の男子トイレで私のサインを待った。しばらくして誰かが階段を降りてくる音が聞こえた。直感的にこの人だとわかった。彼は予想より大柄だった。若いころ鈍重だった痕跡が残っているような体だ。やや腰を曲げた姿勢で、片手で階段の手すりにつかまってゆっくりめに歩いている。彼は私が立っている方をちらっと見て、階段を全部降りきった。階段を降りていく彼の後ろ姿はまるで、絶滅直前の年老いたティラノサウルスみたいだった。彼が完全に見えなくなった後、私はナムウにメッセージを送った。

いいよ。

あの一言を胸の中から消すことは、永遠にできないだろう。ナムウを待っている時間がさっきよりずっと長く感じられた。そして間もなく、ナムウからまたメッセージが来た。

いいよ。

彼が仕事をちゃんと終えたという意味だった。これで私は、五階からエレベーターに乗って地上まで降りさえすればいい。足から力が抜けてしまい、歩きづらかった。五階の廊下で老人と出くわした。

どこへ行くのかね？

老人が尋ねた。ぜいぜいと痰のからむ音が息に混じっていた。私は、中国語教室に来たのだが、待っていても開かないので帰るところだと言いつくろった。彼は、中国語教室は日曜日は休みだから、明日のこの時間にまた来ればいいと教えてくれた。親切でも不親切でもない声だった。

ありがとうございます。

私は頭を下げてあいさつした。老人と私は改めてすれ違った。それでおしまいだった。ビルの外に出ると結構あたたかかった。ナムウはいなかった。仕事を終えた後で会う場所を決めていなかったことに気がついた。ひょっとしてナムウは一人で帰ってしまったのか。私はよろよろと道をたどっていった。何十メートルも行かないうちに、交差点の横断歩道の前で青信号を待っているナムウを見つけた。青信号がついたのに、彼はぼんやり立っている。老人の顔にはナムウと似ているところが一つもなかった。

私はゆっくりと彼のそばに近づいた。ナムウが何も言わずに私の手を握った。手のひらがじっとり湿っていた。

その日の午後、私たちはソウルの繁華街をやみくもに歩き回った。映画を見てスパゲティを食べてコーヒーを飲んでアイスクリームを食べた。

アニーは火葬することに決めた。それでもいいかと私はナムウに再三確認した。ナムウが、うん、と言った。アニーの死を遅れて知ったナムウは、魂が抜けた人みたいに見えた。インターネット検索でペットの葬儀代行業者を探した。黒い霊柩車が家の前まで来た。私たちもアニーと一緒に車に乗って、火葬場に到着した。アニーの棺が火葬炉に入っていこうとする刹那、ナムウが泣き出した。彼はうっ、うっと声を上げて慟哭した。私の目からも涙がぼろぼろこぼれた。今や私たちは何があっても別れられない仲になってしまったと思った。

十年が過ぎた後もあの日のことが夢に出てくる。

子どもを出産しに行く夜にも、母さんの突然の訃報を受けて故郷に帰省した夜中にも、ちらりと眠って見た夢の中で、並んで天地ビルの入り口に入っていく私とナムウの後ろ姿を見た。夢の中の私は呆然として自分たちを見守っていた。十年の間には多くのことがあった。天地ビルに行ってから一年も過ぎないうちに私は妊娠した。気をつけていたのにそうなった。私たちは結婚した。結婚式はナムウのおばさんたちとその家族たちが総出演してざわざわと賑やかだった。家族がどういうものかよく知っているというナムウの言葉は嘘ではなかった。妊娠だけが結婚した理由ではないけれど、もしそうでなかったら、無理に法的な関係に縛られることはなかっただろうと私はときどき思う。思っても詮ないことだが。

双子の兄妹が生まれた。息子はナムウそっくりで、娘は私にそっくりだとみんなが言った。私は真顔で、違うよと手を振って打ち消した。子どもたちの一歳の誕生祝いのころ、ナムウがジムの会員の顔を拳で殴るという事件が起きた。幸い示談にはなったが、ナムウは仕事を辞めなくてはならなかった。それからというもの、まともな職場は見つかっていない。ナムウはいつもはちゃんとしているのだが、突然、手当たり次第に何かを蹴りつけたり、家具をつかんで投げたりすることがあった。長いこと泣いた後、急に大声で笑ったりした。精神科の専門医は、反復性の抑うつ障害という診断を下した。ナムウはカウンセリング治療を続けなかった。もしも医者の前で秘密を打ち明けてしまったらと思うと怖くて、と言っていた。

子どもたちが七歳になったある春の休日、ナムウが黄色く塗ったミニバンに乗ってきた。そのころナムウは、美術教室の送迎バスのドライバーをやっていた。私たちは高速道路に乗って一度も通ったことのない道を走った。子どもたちが後部座席で歌を歌った。海沿いの狭い道路を走っていくと、思ったより広い砂浜が見えた。ナムウが車を停めた。子どもたちが海に向かって走っていった。「入るべからず」。手のひらほどの木の看板が後から目に入ってきた。

気をつけて！

ナムウが叫んだ。ナムウの声はしゃがれて、ひび割れていた。子どもたちの耳に届くほどの気力も意思もない声だった。気をつけろと大声で言われてもお構いなしに、兄妹は私たちの前を走りつづけた。慣性の法則に従って、そのまま海に吸い込まれてしまいそうな勢いだ。ちょっとトイレに行ってくると、ナムウが言った。曇りの日だった。食器をゆすいだ水みたいな色の空に、雲のかたまりが何個か浮かんでいた。一群のかもめたちが低く飛んでいた。私は遠くに立ったまま、兄妹が砂浜を走って空中に飛び上がり、海を目指して突進しては止まるところを見守っていた。

十年前のあの日、いくら待ってもチェ・ドンウからの連絡は来なかった。ナムウが電話をすると、電話機が故障しているという案内放送が流れてくるだけだった。チェ・ドンウ整形外科のホームページは閉鎖されたままだった。どの新聞にも老人の死亡記事は載らなかった。ポータルサイトの人物検索でも名前がヒットしない人の訃報が新聞に出るわけないよ、と私はナムウをなだめた。別の方法で何かを確認する勇気は二人とも持っていなかった。もう一度あのビルに行ってみる胆力もなかった。もっとも、行ったところで誰に何を聞けたというのか。私は心中ため息をついた。

子どもたちはすぐに成長し、私たちは下り坂を歩いてきた。チェ・ドンウが残していったバッグの現金の山は、少しずつ崩して使っているうちに程なく底をついた。老人は死んだのか助かったのか、私たちはいまだに知らない。いつからか私は、あの日、六階の部屋でナムウは何もしなかったのではないかと疑ってきた。チェ・ドンウという男は最初から存在しなかったのではないかとも。だからといって、何も消えはしないだろうが。

海を前にした子どもたちはあっちへ、そっちへと駆け回っている。それぞれの影法師まで入れて、四人で隠れんぼしているようだった。平和そうな風景だった。私は、ナムウがかなり長時間戻ってきていないことを意識するまいと苦心した。彼がここに私と子どもたちを置いて一人で逃げたという想像はあまりにもそれらしくて、かえって何ともなかった。私は停めてあった車の方へ歩いていった。助手席のシートを後ろに倒して、長々と体を伸ばした。虫の鳴く声がわけもなく大きく聞こえてくる。ゆっくりと目をつぶった。束の間でも、こんなふうに一人でいる瞬間はとても久しぶりだ。脳の中ががらんと空いたような気持ちだった。ごくわずかな時間が流れた後、私は目を開けた。そのままだった。ナムウは戻っておらず、静寂の中で虫たちだけがスー、スーと鳴いていた。ひやりとした感じが背筋に沿って上ってきた。あわてて体を起こした。遠くの海が見えた。目を細めて見た。

子どもが一人いた。そして……私がちょっと離れたところにもう一人がいた。どちらの子も消えてはいなかった。私がしばらく片方の目をそらしていようと、世の中には何事も起きはしない。またもや断罪が猶予されたことに私は安堵し、絶望した。劇的な破局が迫っているなら、償いも救いも遠くはないだろうに。これからも生きていくために、私は海の方へと重い足取りで向かいはじめた。

ずうっと、夏

ほんとのところ豚ぐらいきれい好きで賢い動物はいないのだと、そう書かれた絵本をずっと前に読んだ。豚は食べたくないものは絶対食べないし、排便は、湿気のある低いところでするると決めている。垂れ流しなんかじゃないという意味だ。それに、豚はとてもおとなしい。相手がちょっかいを出さない限り先に攻撃することはない。豚には罪がないのだ。何よりも印象的だったのは、豚はほかの豚と区別されないことを最も嫌う、という一節だった。それは、とても哀しく美しい文章として、私の胸に刻み込まれた。

十二歳のとき私は東京に住んでいた。両親が借りた家は郊外にあった。畳敷きの小さな部屋二つとリビング兼キッチンから成る、平凡なマンションだ。その前まで住んでいたマニラのコンドミニアムに比べたらとんでもなく小さな家だったので、おかあさんは、一晩で豚小屋暮らしの身の上になっちゃった貴婦人みたいに憂鬱そうにしていた。ほんとは、おかあさんは貴婦人なんかじゃない。貿易会社の海外営業マンである夫と一緒に世界各国を回っているうちに、会社から月給のほかに住居費と現地生活費をもらうことに慣れてしまっただけのことだ。夫が東京本社勤務になれば、おかあさんもある程度現実と妥協するしかない。

だが、妥協できないこともあった。娘のインターナショナルスクールだ。私はときどき考えてみたものだ、年収の半分近い学費を払って私を東京のインターナショナルスクールに入れたとき、両親は娘がどんなふうに生きることを望んだのだろうと。韓国人でも日本人でもない、いわばコスモポリタンみたいな人になってほしいと強く願ったのかもしれない。それはともかく、私がそこで最初に覚えた言葉は「ブタ」だった。豚という意味の日本語。どこの国でもインターナショナルスクールの子どもたちは、悪口は現地語で言う。私がいちばんいっぱい聞いた言葉も「ブタ」だった。

このあたりでインターナショナルスクールに通っている子は私だけだった。私は毎朝スクールバスに乗るために、一人で地下鉄に二駅分乗らなくてはならなかった。午後は逆に、スクールバスを降りて地下鉄に二駅分乗って帰宅する。おかあさんは最初、その四駅分を毎日歩くようにと私に命令した。おかあさんはいつも、私には運動量が足りていないと主張していたのだ。

私は生まれたときから、体格によって他の子を圧倒していた。誰もが、新生児室に寝ているこの巨大な赤ん坊がやっと生後二日でしかないという事実にまず驚き、次にそれが女の子だという事実に驚いたという。私を妊娠したときおかあさんの食欲は、世界じゅうの食べものをすべて平らげそうなほど旺盛で、その結果、妊娠末期には体重が三十キロも増えていた。妊婦の適正体重増加量目安の二倍を超える数値だ。そして胎児は四・五キロに迫る体重の人間としてこの世に現れた。

私にはおかあさんを恨む気はなかった。でも、おかあさんが私の一日あたりの熱量摂取量を強迫的にチェックして過剰制限することについては、あんまりだと思わずにはいられなかった。おかあさんは、トンネルの中で起きた玉突き事故の加害者みたいな立場だったんじゃないだろうか。先頭車の乗客が首の骨を折ったのは、最後尾の運転手の不注意のせいだ。先頭車に乗るというミスしかしていない私としては、炭酸飲料、チョコレート、ケーキやクッキー、糖分が入っている疑いのある食品一切を禁止し、夕方六時以降水以外は口に入れることすら許さないというおかあさんの仕打ちが理解できなかった。私は毎晩仕方なく、すきっ腹をかかえて眠るか、みんなが眠ったと確認すると爪先立ちしてキッチンに行き、泥棒猫のように冷蔵庫から食べものを盗んでこっそり食べなくてはならなかった。

おかあさんの希望通り地下鉄に乗らず歩いて帰宅したのは、そこに住んでいる間でたった一度だけ。玄関の前に着いたときはお湯のシャワーを浴びたみたいに汗びっしよりで、額（ひたい）からしずくがぼたぼた落ち、ドアを開けてくれたおかあさんはあわててタオルをくれた。贅肉がついた脇の下から、ツンとする汗の匂いが上ってくる。匂いは私の嗅覚にもそのまま伝わり、同情でもあり嫌悪感でもあるようなものがおかあさんの目に浮かぶのを、私は見た。タオルで顔と頭をごしごし拭いて食卓へ行くと、そこにはレモンの切れ端を浮かべた水のコップが置いてあった。私は黙ってコップを口に持っていき、ほんのちょっとずつ水を口に含んではのどへ送ることを何度もくり返した。水だって、嚙んで食べるようにして飲めば空腹感をぐっと抑えることができる。グーッという音が空っぽのおなかに響き渡った。

翌年の身体検査で私は、同年齢の女児のうち上位九十五パーセンタイルの体重に該当するという判定を受けた。前年は上位九十七パーセンタイルだったのだから、ほんのちょっとだが平均に近づいたわけだ。実際の体重の変化はほとんどなかったのに比べ、背は三センチ伸びた。私を注意深く観察してきた人なら、その微妙な体型変化に気づいたかもしれない。だからといってデブでなくなったわけではなくて、十三歳のワタナベ・リエはやはり、デブで内気な、糖分不足気味の、血の気のない顔をした女の子だった。ニックネームはまだブタだった。

両親にまたチャンスがめぐってきた。次の人事異動でおとうさんの海外勤務がほぼ確実になったのだ。おかあさんは頭の中で、いろんな都市を候補に上げたり落としたりりしていた。彼女が住みたい都市の第一条件は、韓国人も日本人もあまりいないところだった。何で韓国女が日本の男と暮らしているのかという視線を気にしなくていいところ、韓国語でも日本語でもなく英語やフランス語を常用しているところ、ゆるやかな四季があるところ、市民の所得水準と教育水準が高いわりに物価が高くないところ、よく管理された天然芝の公園がそこらじゅうにあり、夜遅くなっても公共交通機関で帰宅できるところ。おかあさんはそういう場所で暮らしたがっていた。

両親は、ずっと前におとうさんがソウル勤務をしていたときに出会った。おかあさんは一度も海外旅行をしたことのない韓国人で、おとうさんは日本人だった。彼が知っていた韓国語の単語は約三十個で、おかあさんが知っていた日本語の単語は約三個だった。サヨナラ、モシモシ、そしてアイシテル。おかあさんは女子高生時代から、万一に備えて「愛してる」を十か国語で言えるように暗記していたという。恋愛中の二人はたどたどしい英語で会話していた。不思議なことに意思疎通には何の支障もなかったらしい。これが運命なんだと思ったわ、とおかあさんは無感動に回想した。錯覚だったわね。恋愛してるときはみんなそんなもんよ。だって、燃え上がってる男女の間で言葉が占める比率なんていくらでもないもの。じゃあ、燃え上がっている男女の間では言葉以外の何の比率が高いのか――と想像していって、私は顔が赤くなった。

おかあさんはときどき、私が十三歳の女の子だってことをすっかり忘れてしまうらしい。面とむかって韓国語で、気がねなく何でもおしゃべりできる相手が私だけだからだろう。私が小さいときからおかあさんは一生けんめい韓国語を教えてくれたが、それは母国や母語への深い愛情の発露などとは全然関係ない。自分の言いたいことを完全に理解してくれる他人、韓国語がわかる聞き手が切実に欲しかっただけだ。私はときどき、おかあさんは娘の体重だけでなく魂の重量にも関心があるんだろうかと気になった。

新しい赴任地の決定を待つ間、おかあさんは新婚のころに住んでいたエディンバラの話を盛んにした。何より、自由なのがよかったという。自由というのがどういう意味なのかは聞かなかった。だってもし聞いたら、あんたがいなかったってこと、とか言われそうで。そう言われたら私も、生まれる前がいちばん自由だったと言い返してしまいそうだったけど。あのときは幸せが永遠に続くかと思ったわ、私たちは本当に愛し合ってたんだから――若かった両親がどんなに熱烈に愛し合っていたか、何に惹かれて国籍と言語の壁を飛び越えて結婚することになったのか、悪いけど私はまったく関心がなかった。過去の情熱とは関係なく、今の二人の人生は、何口か飲んでふたを閉めずに放置されたペットボトルの炭酸水みたいだった。

行き先が決まったよ。ある晩、帰ってきたおとうさんがそう告げた。いつからかおとうさんは、家では日本語しか話さなかった。私に対しても同じだ。娘と母語でしか会話しない妻を見て、隠れた愛国心が刺激されたのかもしれない。おとうさんとおかあさんの会話は五パーセントの韓国語と二十パーセントの日本語、二十五パーセントの英語で構成されていた。残りは沈黙だ。浅い沈黙、深い沈黙、安らかな沈黙、うんざりな沈黙、ヘンな沈黙。

私たちの行き先はKだった。いつか聞いたことのあるような都市国家の名前だ。私は地球儀でKの位置を探してみた。南太平洋の近くだった。真冬と真夏の温度差がほとんどないこと、大部分の市民は雪を見たことがないこと、人件費がとても安く、治安については明らかになっていることがあまりない。インターネット検索でわかったのはその程度。他の場所に変えられないのとおかあさんがおとうさんに聞き、だめだよとおとうさんが答えた。希望すればここに残ることはできるだろうけどね。おかあさんはすぐに要望を取り下げた。何日かして彼女はKの長所をやっと一つだけ見つけ出した。まあ、そこには韓国人も日本人もいないしね。私は仕方なくうなずいた。

まずおとうさんがKに出発した。私とおかあさんはインターナショナルスクールのお休みが始まる半月後に合流することにした。両親は、娘が今の学校で学年を終えることを望んだのだ。三回めの転校ということになるが、転校に関してはあきらめに近い気分だった。名残（なごり）惜しくもないし、せいせいするわけでもない。今の学校にさっさとさよならするのは、向こうの学校に早めに移ることにすぎない。こっちでもあっちでもおんなじなのだ。どんな国のどの学校にも、意地悪や根性悪の子たちがいるにきまってる。一部の男子が私を Pig, Piggy, Piglet, Hog などと呼び、笑い物のブタ扱いするだろう。それ以外の男子とほとんどの女子は私を無視し、嫌われ者のブタ扱いするだろう。少数の女子が比較的親切にしてくれて、かわいそうなブタ扱いするだろう。登校初日にワタナベ・リエは、Kの現地語で豚を何と言うのか知ることになるはずだ。

おかあさんは、新しい環境でぶつかるめんどうなことについては、夫が先に手を打っておくことを望んだ。家、車、子どもの転校、銀行口座、電話回線などなど、目の前に問題が山積みになると極端に混乱してしまう人なのだ。その分平等に、荷物をまとめて送り出すのは、気の毒だけどすべておかあさんの分担だった。マンションから引っ越し荷物を運び出す日、ワタナベ一家が使っていた家具と家財道具、衣類や本などはきちんきちんと箱にしまわれた。さまざまな大きさの箱はコンテナごと貨物船に載せられ、Kでいちばん大きな港に配送される予定だった。私たちが住むことになる都市は、まん中に海があるんだそうだ。箱にはすべて、fragile と印刷された赤いステッカーが貼られていた。

おかあさんは荷物の到着が遅れるのではないかと心配し、最終到着日を何度も確認した。荷物が人より後に着いたら大変だって伝えて。ううん、人が着いたのに荷物が届いてなかったら大変だって言って。この二つの文章のどこが違うのかはわからなかったけど、私はおかあさんの希望通りに通訳した。日本に住みはじめてからおかあさんはよく、公の場で私を通訳に立てた。おかあさんの日本語の実力は客観的に見て立派というほどではなかったけれど、すごく下手だというレベルでもなかった。相手が、外国人に向かって話していることを意識して、やさしくかみくだいてゆっくり発音してくれれば、日常生活での意思疎通に問題はないはずだった。でもおかあさんは、日本人の前で日本語を話すことを極度に嫌がった。

いちばん長時間迷ったのは、スーパーのレジの間違いでおつりが五百円足りなかったときだと、いつだったか私に言っていた。レジの前で迷ったりいらいらしながら、彼女はずっと昔に放送局の楽屋で起きたことを思い出したという。結婚前、彼女はある放送局の公開タレントオーディションに合格したことがあった。初めての役は、連続ドラマのヒロインが同窓会で再会する〝昔の友人3〟で、与えられたせりふは、「まあ、あなた本当にきれいになった」だった。彼女は三日三晩、練習を重ねた。まあ、あなた、はんとうに、きれいになった。どこにアクセントをおくかで言葉が全然違ってくるんだよ。ほんとに、完全に違う言葉みたいになるの。アクセントを変えて何百回も言ってみたと思うわ。おしまいには、何百もの文章がガラスのかけらみたいにちりぢりになって、空中に散らばっちゃうような気がしたわね。

収録当日、おかあさんは楽屋でふいに胸に痛みを感じた。間違って落ちてきたガラスのかけらが小指の先から入って心臓に流れ着いたのかもしれない。収録スタジオに入ったときのおかあさんの気持ちはチャンスをつかもうとする挑戦者どころか、苦難のトンネルをくぐり抜けねばならないとする巡礼者に近かった。その日、カメラの前で致命的な失敗をした人は誰もいなかった。彼女もまた、自分に割りあてられたせりふを無事にこなした。そしてとうとう放映日が来たんだけど……と話しはじめてから、おかあさんは急に言葉を濁した。自分の顔がブラウン管いっぱいに映ったごく短い一瞬に、おかあさんは目をつぶってしまった。自分の頬骨がこんなに突き出ているなんて知らなかったからだ。彼女が出演した場面の一分あたり視聴率は三十一・二パーセント。それは、その夜テレビをつけていた国民の三十一・二パーセントが彼女の頬骨を目撃したことを意味する。おかあさんの両親に、さっきチラッと出てきたのはお宅の娘さんかという電話が何本かかかってきて、それでおしまいだった。次のスケジュールは決まらなかった。

もしも重要な役のオファーが嵐みたいに押し寄せてきたら違っていたかもしれないけど、せいぜい〝女性職員2〟とか〝女官3〟とかを演じるために、何百万人もの前にみっともない頬骨をさらしたくないとおかあさんは思ったのだ。端役（はやく）を何度か断っているうちにオファーはぷっつり途絶えた。だから、一方的に切られたわけじゃないんだというのが彼女の主張だった。

私は、まだ会ったこともないころのおかあさんの選択に心からの支持を表明した。問題がはっきりと目に見えているとき、人は原因を取り除こうとする。でも、必ずしも全員がそうではない。ある人はひっそりと部屋に身をひそめてドアを閉め、鍵をかける。人生が常に、一瞬一瞬の闇を突破しつつ前進する苦難の旅路である必要はないじゃない。そういう考え方をするという点で、私は確かに彼女の娘だった。

五百円のためにスーパーで悩んだときも、おかあさんは同じような方法で決断を下した。少なくないお客さんが平和な静けさの中でおかずの材料を選んでおり、スミマセンという彼女の小さなつぶやきに、従業員の誰も気づいてくれなかったらしい。スミマセン、スミマセン。彼女は小さく唇を動かしてくり返したが、誰も振り向かなかった。胸がドキドキした。心臓を手のひらでぐっと押さえ、彼女は黙って足早にスーパーを出ていった。あそこに置いてきたのはたかが五百円ぽっきりだもんね、そうでしょ？　と、帰宅したおかあさんは私にわざわざ何度も尋ねた。私はずっと気になっていた。過ぎてしまったことなのに、おかあさんは何を確認したいのだろう？　と。私はおかあさんが遠いところに置いてきたものについて考えてみた。彼女が必死に言葉をかき集めて私に話して聞かせようとしたことについて。おかあさんの左胸にまだ刺さっているのかもしれない、鋭いガラスのかけらについて。ほかに何もできない幼い子どもみたいに、私は素直にうなずいた。

定刻に到着しますよ、心配なさらずにと引っ越しセンターのマネージャーは言った。おかあさんの方をちらっと見た。おかあさんの心配そうな表情はまだ消えない。私は、心配しているのは自分ではないと言いそうになったがやめ、よろしくお願いしますとだけ、丁寧に言った。おとうさんとは日本語で、おかあさんとは韓国語で話す習慣が生まれたときから体に染みついている。だけど二つの言語の間で通訳をするのは、全然別の種類の仕事だった。

荷物が全部運び出された家の中はよそよそしかった。四本脚の小さな食卓が置いてあったところに、子犬の足の裏くらいの大きさの真四角の跡が四つ残っていた。真四角と真四角の間の距離はすべて同じで、遠すぎもしないし近すぎもしない。

その食卓で三人が一緒にごはんを食べている場面を遠くから写真に撮ったら、けっこう平和な風景に見えたかもしれない。その食卓で毎回私が食べてきたものといったら、いくらかの焼いた野菜、少量の海藻のあえもの、魚の半切れか、徹底して脂身を取り除いた少量の赤身の肉、豆腐、塩気の入っていないすまし汁とごはん半膳、それですべて。私は食卓の脚の跡の一つを踏みながら窓の外を見た。東京の十一月という季節は、窓をずっと開けていても冷えきってしまうことはない。西の空の低いところを雲が流れていく。引っ越す家の窓はどっちを向いているのだろう。もしかして窓から海が見えるのだろうか。Kの人たちの主食は何だろう。そのとき、近くでおかあさんの悲鳴が聞こえて私の想像は止まった。

おかあさんは茫然としていた。ネックレスがなくなったという。ずっと昔、婚約記念にもらったティファニーのネックレスだ。細いプラチナのチェーンのまん中に、星の形に精巧にカッティングされた小さなダイヤがついている。正確に言えば、なくなったわけじゃない。ネックレスが入った小さな宝石箱が引っ越し荷物の中に混じってしまったのだ。おかあさんは引っ越しのぎりぎり最後にたんすから宝石箱を出そうと思ってすっかり忘れ、その間にたんすはきっちりとクッション材に包まれ、コンテナボックスに収まってしまったのだ。コンテナは貨物トラックに積み込まれ、トラックはもう貨物船が停泊している港に向かって走っているだろう。つまりこれは、何重にも重なった箱に関するお話というわけだった。

宝石箱にはネックレスのほかにもさまざまなイヤリングやブレスレットが入っていたのだが、おかあさんはずっと、ネックレスをなくしたと言うばかりだった。それが婚約記念にもらった永遠の愛のシンボルだからではなく、その中でいちばん高価な品だからだろう。じっと聞いていた私はおかあさんの表現を訂正してあげた。なくしたんじゃなくて。引っ越し荷物と一緒に先に行っただけじゃないのと。するとおかあさんは突然怒り出した。あのネックレスがちゃんとKに届くなんてよく言えるもんだ、というのだ。あの人たちが最後に引き出しを開けてみないと思う？　もう持ち出しちゃってるはずよ。どういう連中かわかったもんじゃない。

私たちは引っ越しセンターの事務所を訪ねた。事務所は繁華街のはずれのさびれた通りにあった。不吉だわね、と古いビルの二階に通じる階段を上りながらおかあさんがつぶやいた。不吉という言葉を私は初めて聞いた。営業時間が過ぎていたようで、ドアは固く閉まっている。おかあさんはその場で携帯のボタンを押し、私に電話機を渡した。電話の向こうにマネージャーという男が現れた。男はしばらく、無言だった。原則的に、お客さんから特に要請がない限り荷物の内容を確認することはないと彼は言う。その品物がそこに入っているというのが確かなら、他のものと一緒に目的地に到着しても何の問題もないはずだとも言った。その品物がそこに入っているのが確かなことなら、という前提にこだわっていることがわかった。おかあさんが私の背中をツンツン押して、言った。なくなったらどう責任をとるのかって聞いてみてよ。

男は断固として言った。それは私どもの問題ではありません。時計とおっしゃいましたっけ？　いやネックレスですね、私どもとしてはその時計、いやネックレスが本当に最初からそこに入っていたかどうか、確信は持てないわけですから。そうじゃないですか？　男は矢継ぎ早に問いかけた。ネックレスがそこにあったと証明する方法がおありですか？　私はそれを聞きながら、おかあさんの顔をチラッと見た。納得いかないという表情がありありと現れている。今、おかあさんにマネージャーが言ったことを正直に通訳したらどうなるか。あたしが嘘ついてるって言うの、と憤慨して大騒ぎになるだろう。だけどおかあさんにも、それがもともとそこにあったと証明する方法なんかあるわけがない。

いつだったか、両親が結婚するころに撮った写真を偶然に見たことがある。おかあさんは襟ぐりの深い生成りのワンピースを着て、長い髪を上品にアップにしていた。白くほっそりした首がむき出しになっている。鎖骨の上に垂れた唯一のアクセサリーがあの、なくなった星の形のネックレスだった。星は優しく輝き、たとえ死んでもその輝きが弱まったり止まったりすることはなさそうだった。色あせることと消えることと、どっちがましかしら。私は電話を切ると、ゆっくりと唾を呑み込んだ。

えーとね、最後に確認したとき、宝石箱、あったって。私は、自分は嘘つきではないと信じてきたのだが。ほんとう？　と半信半疑ながらもおかあさんの顔は明るくなった。ほんとよ、その中にネックレスもあったって。私には演技の才能があるのかもしれない。何で荷物を開けるのさと口では言いながらも、おかあさんはようやくホッとしたらしい。私は本当っぽくつけ加えた。到着なさったらそこにあるでしょうって、確実だってよ。そう？　そうなのね？　そしておかあさんは完全に信じてくれたようだ。信じさせること、それが通訳というものなのだ。私は今や、自分に本物の通訳の資質に近いものが備わったことを知った。

成田空港を出発し、乗り換えを経てK空港に着いたのは午後も遅くなってからだった。そこは私が行ったことのある国際空港の中でいちばん小さく、素朴だった。入国審査場に入ってからおかあさんは鼻をうごめかした。何か匂いがしない？　私は息を吸い込んだ。湿った、ちょっと甘ったるい空気が鼻の穴に流れ込む。たくさんの花がいっぺんにしおれるときの匂いによく似た匂いだ。

おとうさんはネクタイをせずに半袖の麻のシャツ姿で私たちを迎えに来た。いつもは肩を強調するような堅苦しい服装をする人で、東京では真夏でもシャツの第一ボタンまできっちりととめているし、肩パッドの入った夏用ジャケットを着ずに外出することはめったにないのに。空港の外へ出るや否や、かっと焼けつくようなアスファルトの熱気がそのまま伝わってきた。息がグッと詰まる。全身の毛穴から汗のしずくがいっせいに噴き出す。暑かった。暑いにもほどがあった。私は本能的にTシャツの長袖をくるくるまくり上げた。おかあさんは呆れてものも言えないという表情だった。

おとうさんのジープに乗って運ばれていく間、私たちは何も話をしなかった。窓の向こうに広がる風景は、何が植えてあるのかわからない畑と、広くはない空き地だけ。車がカーブを切るときに海がサッと見え隠れする。海はサファイアの色をしていた。

本当に遠くまでやってきたんだなあという実感が湧いてきた。車が海岸道路に入ってしばらく走ると、大きくはない市街地が見えてきた。平屋のコンクリートの建物に原色の看板をかけたお店がべったりくっついて立ち並んでいる。やせた浅黒い肌の人々がゆるやかな袖なしの服を着て、ゆったりと街を行き来していた。

その道をちょっと入ったところに、私たちが新しく住む家があった。タワーマンションが三棟、ぬっとそびえ立っており、それはちょっと見ただけでも高級そうなマンションで、車が入り口に入るとおそろいの制服を着た警備員が挙手の礼をして遮断機を上げてくれた。会社から住宅費として提供される金額には、都市によって大きな違いはない。つまり、それだけここの物価が安いということなのだ。二十階のリビングの窓からは団地内の共用プールと海が見えた。おかあさんはしばらく手放していた貴婦人の地位を取り戻したみたいに、急に気分よさそうになった。

東京から送り出した荷物はちゃんと届いていた。四人用の食卓もダイニングルームにちゃんと置かれている。前よりずっと広い空間に置かれた食卓はどうにもみすぼらしく、つまらないものに見えた。あ、ネックレスは？　完全に忘れていたというようにおかあさんが聞いた。おとうさんが肩をすくめてみせた。たんすの中には宝石箱がそっくり入っていた。おかあさんがふたを開ける。全部あったが、星の形のネックレスだけが見当たらない。家じゅうの箱や引き出しを全部調べ上げても、ネックレスは出てこなかった。

冬休みが終わってもKは真夏だった。私はインターナショナルスクールの七学年に編入した。担任はミランダという金髪の中年白人女性だった。ハーイ、プリティ・ガール。彼女は私にそうあいさつした。プリティ・ガールだって。ミランダはすごく目が悪いか、人を傷つけるジョークが好きなのか、すさまじい博愛主義者か、または何かわけがあって生徒のご機嫌をとらなくてはならない人なんじゃないかと私は疑った。でなければ、太った女の子が好きな変態おばさんであるとか。

廊下を歩いて教室まで行く途中、私はミランダのれんが色の靴だけをじーっと見つづけていた。床に何か落ちてるの、とミランダが親しげに尋ねた。この子の癖なんです、それだけですよとおかあさんが代わりに答える。おかあさんは shy girl という表現を使った。sensitive という形容詞を使ってくれたらもっとよかったのに。教室まで歩きながらミランダは、ここは一学年が三クラスしかない小さな学校であり、Kはもともと外国人の少ない土地なので、転校生は多くはないと説明した。私が入ることになるクラスの構成員は、私を含めて十人だった。アジア人と非アジア人が半々。ミランダは「ジャパニーズ、ワタナベ・リエ」と紹介した。誰も拍手なんかしない。

一日が過ぎても誰も話しかけてこなかった。どうってことない。こういうのには慣れている。何日か経っても何も変わらなかった。ブタとからかう子もいない。一週間経っても、Kの言葉で豚を何と言うのかわからないままだ。ここの外国人たちは、新しく登場した存在に好感も嫌悪感も、何の感情も抱かないらしい。転校して一週間めの日、教室の天井にオニグモが出現して小さな騒動が起きた。女の子たちは甲高い悲鳴を上げ、男の子たちが指で蜘蛛の巣をつまんで騒々しく笑う。そのとき私ははっきりわかった。幼年期の終わりを迎えていた彼らにとって、デブの転校生ワタナベ・リエは、虫以下の存在だったのだ。私には無関心だけがお似合いなんだと思い知るのは寂しくもあったが、それならそれですっきりもする。

客観的に観察した教室内は、それなりに整然とした秩序で動いていた。独特なのは、このクラスの生徒が二人組で行動していたことだ。男子二チーム、女子二チームの四チームがあって、彼らは同じ池で泳いでいる違う種類の水鳥みたいに見えた。それ以外の子と仲が悪いようではなかったが、あえてみんなが一緒に行動することもない。そして、一人が残っていた。

メイ。クラスでいちばん背が低くてやせっぽちの、東洋系の女の子だった。私が来るまで九人だったそのクラスで、一人で行動するのはいつもその子だったはずだ。チヤンというラストネーム、分厚いレンズのめがね、ただ伸ばして束ねたヘアスタイルから見て、中国から来た子だろうと思われた。

その子が一人ぼっちになってしまう理由はすぐにわかった。メイは英語がほとんどできないのだ。ディベートの時間、「私たちは必ず学校に通わなければならないか」というテーマで授業が進んでいたときのことだ。ある子はそれでもやっぱり学校には通うべきだと言い、またある子はホームスクールという選択も悪くないと言う。太陽が燃え盛る午後、高性能のエアコンが二十四時間フル稼働している教室内は無気力に支配されていた。熱気というものが全然感じられないディベートだった。どっちが勝ったところで、どうせみんな学校には通い続けなくてはならないのだから、義務的に発言しているだけだ。

順番が来たとき私は、私たちが勉強するのは勉強そのものが目的なのではなく、よい人間になるためだが、現代の学校がよい人間を作る場であるかどうかには疑問を持つ必要があると、つっかえつっかえ言った。立派な意見であると、担当教師のジョンはほめてくれた。次回は視線の向け方にもっと気をつけて、自分の論理は正しいという確信と自信を持って主張するんだというアドバイスもつけ加えた。リエはもっと自分を信じるべきだよ、それだけの価値が充分にあるのだからね。先生は自分の言葉に感動しているみたいに熱っぽくそう言った。それを聞いてもジョンと視線を合わせられなかったのは、感動したからではなくて、気持ち悪くなりそうだったからだ。

メイの番になった。彼女は、学校はいいところだと言った。私は、学校で、英語を習います。英語で話せるように、なりました。学校で体育も習い、音楽も習います。

学校という場所に、感謝しています。メイはその日のテーマ自体を理解していなかったらしい。ジョンは、メイの主張は単純に見えるが、その単純さの中に本心がこもっているので、かえって他者を効果的に説得することも可能だと評価した。メイはわかったのかわからないのか、顔を赤くしたままうつむいていた。このクラスには私よりも深い角度で頭を垂れる子がいるということがわかった。

そして私はある声を聞いた――ミチゲンネ（もうやだ）……メイが一人言のように、ごく小声で漏らしたその言葉は間違いなく韓国語だった。私はちらりと横を見た。いつそんなことを言ったかというように口を固く閉じている。この子、韓国人なんだ。何で気づかなかったんだろう。何でその可能性を考えてもみなかったのか。マニラの学校でも東京の学校でも、韓国人は少なくなかった。その子たちに、自分も半分は韓国人だと教えたことはない。もっと嫌われるかもしれないと思ったから。マニラの学校で、私のおかあさんが韓国人だと偶然に知った釜山（プサン）出身の女の子が、ブタと同じ国だなんて嫌だと言っておいおい泣いて以来のことだった。

翌日のランチタイム、ベルが鳴ると生徒たちはめいめいのランチボックスを取り出した。学校には食堂がないので、みんなサンドイッチなどを持って通ってくる。おかあさんは毎日、ゆで卵半分と、うすーく切ったきゅうりとトマトだけをはさんだ小さなサンドイッチ一切れをランチボックスに入れてくれた。私は教室の中を見回した。

ベンはミッキーと、クロエはジェシーと、ジェイミーはマイケルと、ニコルはジュディと二人ずつ並び、間近に座ってめいめいのサンドイッチにかぶりついていた。それなら、リエとメイがもうちょっとくっついて座ってごはんを食べていけないわけもないだろう。私が近寄ったのでメイは相当びっくりしたらしい。あの子は背中を丸めて聞いた、ホワイ？　何か言いたいことでもあるの、と言いたそうだ。パプカッチ（いっしょに）モグリョゴ（食べようよ）と、私は韓国語で言った。そのときメイが浮かべた表情を、私は何度でも思い出す。それはほんとに、一人で憶えているのはもったいないようなものだったから。

アーユー・コリアン？　ユーアー・ジャパニーズ！　メイは幽霊にでも会ったように目をぱちくりさせた。もしかしたらメイも、私の太った体と同じ血が自分にも流れているのが嫌なんだろうか。私は日本人だけど、おかあさんから韓国語を習ったのと私はあいまいに答えた。あー……と、あの子は感嘆詞を長く伸ばした。それにしちゃ、すごくうまいわ。ありがとう、実はおかあさん以外の人と韓国語で話したのは今日が初めてなんだと私は打ち明けた。ほんと？　うん。だから今、ちょっと震えてる。警戒心をゆるめたようにメイが笑った。笑うと、いたずらうさぎみたいにかわいくなる顔だった。

母語で話すあの子は無口なんかじゃなかった。頭の中に詰まったあんなにたくさんの言葉を、どうやってぐっと抑えこんでいたんだろう。あのさ、さっき私に何て言ってたの、ディベートの時間に、ジョン先生が。聞き取れなかったの？　うん、半分しか。メイは英語はあまりできないんだと言った。前の学校ではロシア語を使うことの方が多かったから。メイは前の学期にモスクワのインターナショナルスクールから転校してきたそうだ。おとうさんの会社の関係かと聞くとメイは、ん？　と聞き返したが、ちょっとして、おとうさんとは一緒じゃないと言った。一人でここに来たという。一人で？　うん、一人なんだけど……メイはしばらくためらっているようだった。完全な一人じゃなくて、二人ぐらい、一緒だけどね。二人ぐらいって何のことか理解できなかったけど、深く突っ込む理由はない。私は、ちょっと前にジョンが彼女をほめていたと教えてあげた。メイがプッと声を出して笑った。信じらんない！

　メイのランチボックスの中は豪華絢爛だった。ソースまでちゃんと塗ったぶ厚いハンバーグステーキにエビフライ、フライドチキンがぎっしり並び、ぶ厚いハムとチーズをはさみ、レタスが外まではみ出すほど大きなサンドイッチが何個も。別の容器には一粒ずつきれいに洗ったマスカットと、一口大に切ったメロンがこぎれいに詰めてある。それ、毎日全部食べてるの？　私が驚いたのと同じくらい、メイも驚いた。あんた、それしか食べないの？　二度めに一緒にお昼を食べた日も、メイのランチボックスの中身は前の日と全く同じだった。メイがいちばん大きい鶏ももを私に差し出した。おかあさんの顔が思い浮かぶ。私は無意識に手を後ろに引っ込めていた。衣をつけて油で揚げた鶏肉を最後に食べたのは、東京のインターナショナルスクールで感謝祭の日に出た特別給食のときだ。メイが私の目をじっと見ている。手に持った鶏ももを差し出したままだ。運の悪いひな鳥の体の一部が、メイの手から私の手に受け渡される。私は鶏ももを用心深く口元へ持っていった。冷めた鶏の皮は脂っぽく、肉はぱさぱさしていたが、びっくりするほどおいしかった。私は骨にくっついていた最後の肉までちゅうちゅうとしゃぶりつくし、メイがまたうさぎの顔で笑った。

一緒にお弁当を食べる三度めの日、私たちはもう少し近くにくっついて座った。メイがランチボックスのふたを開けると、前の日とも、その前の日ともまったく同じ食べものが現れた。やがてメイは私にこう頼んだ。よかったらさ、ちょっと食べてくれない？　私たちが互いのお弁当を交換して食べるようになったのはこの日からだ。メイは、うちのおかあさんの貧弱なお弁当を、量としては自分にぴったりだと言った。脂っこいものは嫌いなんだという。だからそれは、お互いの意思が一致して始まったことなのだ、世の中の避けられないことの多くがそうであるのと同様に。

メイはえさをついばむ小鳥みたいに、食べている間ずっと口をすぼめてもぐもぐとやっている。メイのぶ厚いサンドイッチにかぶりつくためには口を大きく開けなければならず、それは私にとって四歳のとき以来初めてのことだった。私たちは毎日毎日ランチタイムには隣に座り、お弁当をとりかえっこして食べた。ベンとミッキー、クロエとジェシー、ジェイミーとマイケル、ニコルとジュディ、メイとリエ。二人組がこうやって完成された。いまや世界は完璧にバランスが取れたのだ。

七度めに一緒にお弁当を食べた後、メイがかばんから何か取り出した。ピカピカ光る白い小石が全部で五個ある。これ見たことある？とメイが聞き、石だよね、と私は答えた。コンギ［小石などを投げ上げて遊ぶ伝統的な遊戯。「コンギ」は「空気」の同音異義語］の石みたいだから拾ってきたの、コンギができるかなと思って。メイの言っている意味が私にはわからなかった。コンギって、空気（コンギ）のこと？ The air? メイがお手本を見せてくれた。メイの手は小さく、指が短くてずんぐりしている。メイはまず小石を机の上にきちんと置き、中の一個をまっすぐ上に高く投げ上げた。それが空中にとどまっている間に残り四個のうち一個をすばやくつかみ、落ちてくる石と一緒にキャッチするのだ。そうやって一個、二個、三個、四個、五個の石がメイの手に戻ってきた。「やった！」と叫ぶとメイは次に、五個の石を一度にぱっと投げ上げ、手の甲で受けた。それからまた手の甲で石をはね上げるとすぐに手を裏返す。びゅーんと飛び上がった五個の石が落ちてきて、メイの小さな手のひらに無事におさまった。私は口を開けて、メイのみごとな技に見入った。それは石と空気と人間が一緒になってくり広げるマジックのワンシーンのようだった。

あんた、私よりうまいはずよ、手が大きいから。メイが石を私の方に押してくれた。

メイがギュッと握っていた石は、さっきよりもつやつやしている。私は石を握ってみた。あたたかい手触りだ。メイのように石を一個、ひょいと投げ上げてみる。何をどうする暇もなく石は垂直に落下してきて、机の下に落ちて転がった。私たちは声を上げてきゃあきゃあ笑った。でも、どんなことでも根気強くやるほど上手になるというのはだいたい正しい。私のコンギの腕前もすぐに向上していった。あるときに二個キャッチ、三個キャッチもできるようになり、学期の半ばにさしかかるころには、ごくたまにだけどメイに勝つこともあった。

お昼を食べているほかの生徒たちも自然と私たちのまわりに集まってきた。クロエとジェシーも参加して、二人ずつ組になってゲームしたこともある。コンギには、「やった！」と叫んで石を投げ上げた後、それが空中にとどまっている間に一回拍手したら十歳年をとったことにするというルールがあることも知った。三回拍手すれば三十年、五回すれば五十年。私たちは手を鳴らし続けた。私たちが分け合ったあの時間を全部集めたら何年になっただろう？　千年？　一万年、十万年？

ダブルスで競い合うとクロエとジェシーのチームはいつも負ける。じゃあ、混合編成にすればいいんじゃないかとメイがアイディアを出した。そうすれば実力が同じぐらいになって公平になる。私はメイと別のチームになるのが何となく不安だったが、私以外はみんなそれがいいと言うので調子を合わせてにこにこしていた。クロエとメイ、ジェシーと私がチームを組んだ。その日メイは、一段とみごとに動き回った。小さな手が本当にすばやく動き、年を数えるのも大変なくらい。石が空中にある間、メイは数えきれないくらい拍手をした。一二三四五六七、あ、すごいと思い、同時に怖いと思い、そして私の手がいたずらみたいにあの子の肩にふっと、ほんとにふっと触れたそのとき、メイの拍手が途切れてあの子はぐらりとバランスを崩した。拍手をしようとして視線が宙に向いていたせいだろう。そして、私が生まれつきの握力の強さをちょっとの間忘れていたせいかもしれない。メイは横に倒れ、そこにあった机の上にほんのちょっと飛び出していた釘があの子のおでこのまん中に刺さった。額から血がどくどく流れ出す。学校の保健室の先生が処置できるレベルではなかった。救急車が到着した。先生たちが私を救急車に乗せたのは、私が加害者だからではなくて、あんまり悲痛に泣き叫んでいたため、精神的ショックを心配してのことだった。

Kの総合病院の救命救急室にそれぞれの保護者が呼ばれた。おかあさんは、釘が額に刺さったと聞いて胆をつぶしてかけつけたが、その文章の主語が私ではないことを知ったとたん、本能的に安堵の表情が浮かんでくるのを隠すことができなかった。Kには整形外科の専門医があんまりいないので、外科医が傷口を縫合した。メイの両親は来ていなかった。メイの保護者という資格で現れたのは、東洋人の男一人と女一人だった。

　メイの隣のベッドで鎮静剤の点滴を受けていた私は、彼らが入ってくるのを見た。彼らがメイに近づき、何かもったいぶったあいさつをする。彼らはメイに尊敬語で丁寧に話していたが、あの子の容態を心から心配はしていても、心から愛してはいないように思えた。誰を愛しているのかは隠しようもなかった。彼らの間で話される言葉のアクセントが耳にからみつき、その瞬間、私はいっぺんに何もかも理解した。

　しばらく外に出ていたおかあさんが戻ってこないことを私は願ったが、おかあさんは戻ってきて、戻るや否やメイの保護者たちに That's too bad と言った。残念だという意味だったのだろう。「すみません」などの謝罪と受けとられる言葉を使うのは、今みたいな、事態をよく見きわめなくてはならないときには戦略上不利だと判断したらしい。彼らは聞いたのか聞いていないのか、ただむっつりと座っていた。私は何も言わなかった。言えなかった。眠っているふりをして目をつぶっていたけど、薄目を開けていた。正確に聞き取れない国籍不明の雑音が、耳元をざわざわと飛びかっては砕ける。やがてはっきりした韓国語が聞こえた。メイの声だった。友だちと遊んでて、私がバランスを崩したんです。私が悪かったんです。おかあさんが、どうしても必要なときだけに出す、にこやかな声で割り込んだ。まあ、韓国人なのね？

　メイの本名は、梅姫（メヒ）。チャン・メヒであり、国籍は「ザ・デモクラティック・ピープルズ・リパブリック・オブ・コリア The Democratic People's Republic of Korea」だった。多くの場合「ノース・コリア」と称される国のことだ。救命救急室を出るとき医師はおかあさんに、私の健康状態がとてもよくなく、このままでは栄養失調になることもありうると忠告した。おかあさんは反論せず、わかったと答えた。私はおかあさんが医師の話をろくに聞いていないことがわかった。私が北の子のおでこに穴を開けた事実によっておかあさんが腰を抜かしてしまったとすれば、メイの保護者たちは、自分たちが責任を負っている権力者の娘が南の子と親友になっていた事実に仰天していた。いや、それは単なる私の想像だったのかもしれないけれど。

翌日、学校に行く前におかあさんが私を呼んだ。校長に特別に頼んできたから、ほかのクラスに行くことになると言った。それまでも、あの子とは絶対にしゃべってはだめよ。ホワイ・ノット？　私は叫んだ。じゃあ学校そのものを移る？　とおかあさんはまじめに聞き返した。あの子、向こうでは相当偉い人の娘なんだって。ここに留学させていることを見ればわかるでしょ。おかあさんには、わからないことをわからないと言わせず、また永遠にわからないままにさせておくという驚くべき手腕があった。

私はおかあさんを真正面から見つめた。二人とも靴を脱いで立ったら、もう私の方が背が高い。私より小さく見えないために、おかあさんが必死で体をまっすぐ伸ばしているのが感じられた。私はおかあさんが聞かせてくれたあのたくさんの韓国語について考えた。それが私を形作ったことは認めないわけにいかない。だけど言わなくてはならなかった。嫌よ。おかあさんの目が大きく見開かれた。私はほかのクラスにも行かないし、ほかの学校にも行きません。メイと、一緒にいるの。そう言い終わると、おかあさんが昔経験したのと同じように左の胸がうずきはじめた。おかあさんの血の中に流れていたガラスのかけらがこっそり私の体に移ってきて、体の中を激しく巡っているみたいに。

メイは欠席していた。おでこの傷が治るまでにはかなり時間がかかるらしい。私は久しぶりに自分のお弁当を食べた。紙切れのように薄く、とんでもなくまずいサンドイッチ。こんなまずいものを喜んで食べていたメイに、改めてすまないと思った。アーユー・オーケイ？　ジェシーが近づいてきて言った。アイム・オーケイ、と私は元気よく答えた。にっこり笑おうとしたのだけれど、あごの筋肉が固まってしまったみたいでよく動かない。一週間過ぎてもメイは現れなかった。ミランダは、メイがどうなったかについて一言も触れなかった。私の前では特に気をつけるように言われているらしい。クラスの構成員は自然と、九人になった。ベンはミッキーと、クロエはジェシーと、ジェイミーはマイケルと、ニコルはジュディと一緒に行動し、そして私、ワタナベ・リエは一人残された。

手遅れになる前に何かしなくてはならなかった。家に誰もいない午後、私は物置き代わりに使っている小さな部屋で、紙箱をいくつか探し出した。引っ越しのときに使って業者が回収していかなかった箱だ。中でもいちばん小さいのを自分の部屋に持ってきて、私は空き箱の中をしばらくぼんやり眺めた。fragileというステッカーをはがし、残った接着剤の跡をナイフでかりかりとこそげ取った。注意書きが消えてみると、それはとても平凡な黄色い箱になった。私は誰にも気づかれないようにしまっておいたネックレスを取り出し、色紙できれいに包み、箱の中に入れた。星の形にカッティングされた、おかあさんのダイヤのネックレス。おかあさんが探していたあのネックレスを持っていたのは、私だった。何があっても変わらないもの、消えないものが、私も一つぐらいは欲しかったのだ。手紙は英語で書いた。ありがとうメイ、また会おうね、きっとだよ。箱をテープでしっかり封じ、わきにかかえて、私はタクシーを呼んだ。

メイのマンションがどこにあるかは知っていたが、正確に何号棟なのかはわからない。そこは私の家よりもっと高そうに見え、警備も厳重そうだった。おかあさんだったら、そうは言ってもKだもんねと鼻で笑っただろうけれど。私はマンションの管理事務所を訪ねて、今にも泣きそうな顔で言った。友だちが転校したんだけど、プレゼントを渡せなかったんです。これをどうしても渡したいんです。管理事務所の男の人は、ノース・コリアの人の住所を教えることはできないが、プレゼントはお届けできると言った。Kの人はみんな親切で、善い人たちだった。私が彼の心を動かしたのだとしたら、あのとき私がほんとうに真剣だったからだろう。

一つの季節が過ぎて、メイからの返事が届いた。学校に届いた手紙の封筒には私の名前が英語できちんと書かれていた。手紙そのものは韓国語だった。事情があってしばらく離れたの。Kが懐かしい。すぐに戻るよ。メイが本物のコンギ石をおみやげに持っていくからね。「メヒ」ではなく「メイ」と、端正なハングルで書かれていた。この学校の誰にも盗み読みできない手紙だった。

その夜、私は砂浜に座って海を見ていた。夕暮れどきの海は何もかもを呑み込みつくすように限りなく静かだった。太陽がだんだん沈んでゆく。Kでいくつの季節を過ごしても、ここは真夏のままだ。最後の瞬間までずうっと夏なのだろう。Kの言葉で豚を何と言うのかはまだわからない。そのとき私は、ニックネームさえ持たない女の子だった。頑強だが壊れやすいものと、たやすくは壊れないものと。それらについて考えている間に太陽は完全に姿を消していた。薄暗い空には、太陽があった痕跡のような透明な丸い輪郭が残っている。ある種の秘密を理解するためには、もうしばらくここにとどまらなければならないのだと私は知った。私は目を薄く開け、空を自分の方へと引き寄せた。両手を高く突き上げて、空中で打ち合わせた。

ぱん！

一回、そしてもう一回、

ぱん！

二十年が一瞬にして過ぎ去った。沈黙だけが残された未来のただ中で、私は暗闇と自分が溶け合うまで座っていた。

夜の大観覧車

パクが死んだとき、いくつかの日刊紙に一段組の死亡記事が出た。三選した議員であり、国会の政務委員を歴任した大物政治家、宿痾により逝去、告別式は翌日という内容だった。享年七十四。遺族については記述がなかった。「宿痾」が「長年病んできた病気」を意味するとしたら、それはぴったりの単語ではない。彼は五十代のときに重い病気にかかったことがあったが全快したし、七十代のときは心筋と前立腺にも問題を抱えていたが、合併症を起こしたり、死に至るほどに症状が悪化したことはなかった。パクは寝ているときに死んだ。

生前、最後に会った人物はホームヘルパーだった。彼女は朝八時半ごろに来て、夜七時半ごろに退去した。前日の夜、彼女はほうれん草の味噌汁とタチウオの焼き魚、豆腐の煮つけ、きゅうりのキムチという夕食を用意した。パクは、黒米の入ったごはんを三分の一ほど残し、魚はほとんど全部食べた。彼はもともと食べものにうるさい方ではなかった。特に好きなのは肉類で、哺乳類も家禽類もどちらも好んだ。

嫌な匂いだな。その夜、二時間かけて完成した牛すね肉の煮込みを黙って見ていた彼がそう言った。その夜、ふだんと違う点といえばそれだけだったと、後にホームヘルパーは回想した。彼女は常日ごろ自分の雇い主をあまり好きではなかったが、それはパクが自分をばかにしているのではと疑っていたためである。パクが彼女の人格を見下したり、皮肉るような態度を取ったことはなかった。彼はヘルパーに対していかなる態度も取らなかった。晩年の彼が誰に対してもそうであったように。他人にいかなる態度も取らないことで態度を完成させるという方法は、長い間体に染みついたパクの習慣のように見えたが、それはたびたび他人を不快にさせた。多くの者がパクの寡黙さを、高圧的あるいは権威主義的な性格の一端と受け取った。彼のそんな様子は、老獪(ろうかい)な政治家の一つの典型のように感じられることもあった。

弔問所はY大学病院の葬儀場にしつらえられた。平素から故人が利用していた病院だ。パクを担当していた内科と泌尿器科の科長、副院長が弔問に来た。国務総理と国会議長名義の花環がそれぞれ到着し、与党と野党の代表、憲政会、在郷軍人会などの花環も続々と届いた。喪主席はいちばん年長の甥が守っていた。ずっと前に死んだ彼の長兄の長男である。弔問客は多くも少なくもなかった。一時期彼が享受していた権力や名誉を思えば少ない方だったし、外部との接触を持たなかった最近の暮らしぶりを考慮すれば、少ないとはいえなかった。

弔問所を訪れる者は圧倒的に男性が多く、大半は七十代以上の老人か、老人に近い年代だった。老いた男たちの洋服は黒でなければねずみ色だ。彼らは男子高校生の制服みたいに、旧式の背広の中にみんなそろってチョッキを着込み、筒の広いズボンをはためかせてゆっくりと歩いた。体が大きいか小柄か、声が大きいかそうでないか、中折れ帽をかぶっているか杖をついているかによらず、みな鈍重で、無気力に見えた。パクの臨終の瞬間が話題に上るときだけ、席は突然活気を帯びた。最後まで思い残すことのない人だったね。ある老人がそう言った。寝ていて死んだからって苦痛がなかったわけではないんじゃないかね、と誰かが答えた。苦痛だって？ ほかの老人が聞き返した。一瞬で過ぎてしまったのだから幸せなことだよ。それきり誰も口を開かなかった。何にせよ、シアトルに住んでいる一人息子はついに帰国しなかった。やっと連絡がついた彼は、事業が忙しくて会社を空けられないと事情を伝えてきた。遠回しだが簡潔な意思表示だった。相続問題は弁護士を通して処理すると言った。故人がある時期、人生のすべてと信じていた者たちは、誰もそこに現れなかった。

＊

五十二歳になったとき、ヤンはS女子高等学校に二十五年勤続中だった。定年まであと十年残っていた。その十年間でS女子高の教務主任になることも、彼女にはできた。運がよければ教頭にもなれるかもしれない。彼女が定年まで勤めることを自ら受け入れた理由は、それ以外にもたくさんあった。大学卒業年度を迎えた娘が、就職はしないで勉強を続けると知らせてきたのだ。ロースクールに入り直すために受験勉強をするのだという。よりよい未来にチャレンジしたいというのが理由だった。娘が計画している未来が娘のものであることは間違いなかったが、娘は、まるでヤンの未来のためにそう決めたかのように振る舞った。一年だけ頑張ってみると、娘は言った。私が弁護士になったらママが一番に嬉しいでしょ。何にせよ、子どもに夢があり、その夢がかなう一縷（いちる）の可能性を排除できないのなら、力の及ぶ限り支援してやるのが父母の義務だと彼女は信じていた。

最後の職場を辞めた後、何の説明もなく玄関脇の部屋に閉じこもった夫のことを思えば、あらかじめ知らせてくれただけありがたいともいえた。ヤンの夫は再就職も、起業も、出家も、自殺も考えていないようだった。部屋のドアを広く開け放してもいなかったが、鍵をかけるわけでもなく、社会問題に関心を見せたことも、自分の境遇を悲観するような言動を見せたこともなかった。彼はただ、一日じゅう持ち歩いて寝ころがっていられるコンピュータ一台と、妻が冷蔵庫に入れておいてくれる食べものさえあれば満足らしかった。足るを知るという教訓を身をもって実践する人生といえた。あのとき離婚を敢行していたら、人生が変わっていただろうか。変わっていただろう。今ごろ彼女は、二人ではなく一人を扶養するだけですんでいただろうし、年末調整で少々不利だという点を除けば、背負う荷物もずっと軽かっただろう。どうしようもないことだった。決定を下すべきときに、何も決断しないという決定をしたために、全生涯にわたってその決定通りに生きている。自ら招いた生き方だとヤンはため息をついた。

早期退職の夢を再びあきらめた初冬の朝、ヤンはいつものように出勤のしたくをした。急ぐ必要はなかった。目が覚めるとすぐ枕元のめがねを探してかけ、顔を洗い、簡単に化粧し、昨夜作っておいたスープにご飯を入れて茶碗に半分ぐらい食べ、歯を磨いた後、前世紀のある日に買った冬用スーツを一着取り出して着た。やはり前世紀のある日に生徒の保護者からプレゼントされたマフラーを巻き、何着かの着られるコートのうち一つを選んで羽織った。夫が眠っている八十一平米のマンションの玄関のドアを開けて出ていくとき、ヤンは自分の体が二十五年の慣性によって動いていることを感じた。

軽自動車の運転席に乗り込み、息を整え、エンジンをかけ、カーオーディオのボタンを押すその短い時間だけが、彼女の魂がこちらにもあちらにも属していない瞬間だった。ヤンは、主にリスナーの体験談を紹介するラジオ番組を好んで聴いた。彼女が聴く番組に自分の体験談を送る人たちはたいがい女性で、人生の苦難と苦痛に耐えるか、受け入れることを決心した人たちだった。本来はもっとゴツゴツしていたのだろうが、放送作家の手が入って滑らかになったことが明らかな彼女らの人生の話に耳を傾けていると、いつの間にか学校の駐車場に着いていた。彼女はさっきより軽やかな気持ちで運転席から降りた。苦労続きの人生に対して相対的な優越感を覚えたからではない。ヤンは、気の滅入るような話でも淡々と低めの声で読んでくれる男性司会者の声が好きで、それは毎日一粒ずつ服用するアスピリンのように彼女の毛細血管を通って広がり、全身の血をきれいにした。道が断たれたと思いますか？　そんなことはありません。希望はそのような廃墟に宿っているのです。やり直すことはできますよ。あなたが勇気を失わない限り、必ず。

その朝の教務会議で、冬休みの海外交流事業の引率者を募集するという連絡事項を聞いたとき、ヤンは久々に軽い興奮を覚えた。S私学財団傘下の各学校の生徒たちが、新たに姉妹校の提携を結んだ日本の神奈川県横浜市を訪問する予定となっていた。中学校、女子高校、男子高校からそれぞれ生徒十人と指導教員一人が参加することになるという。五日間、生徒たちは昼は日本の生徒たちとの交流プログラムに参加し、夜はホームステイ方式で現地の家庭生活を体験する予定だった。

ヤンは日本という国に特別の関心を持ってはいなかった。韓日関係の行き詰まりとか独島（ドクト）［竹島］領有権問題、または日本産の海産物の放射能汚染問題といったことについて、ことさら人に披瀝（ひれき）するような見解があるわけでもない。しかし横浜という都市は別だった。アルイテモ　アルイテモ、という歌詞を持つ歌が好きな人を、愛したことがあった。はるか昔のことだ。地方の小都市の高校の校庭を堂々めぐりして、うんざりするほどゆっくり老いていく人生など想像もできなかったころ。そんな時期が彼女にもあった。「ブルーライト・ヨコハマ」。それはヤンに、ひとときの激情とひとときの愚かさと・ひとときの苦痛を思い起こさせてくれる地名だった。

ヤンが横浜に行きたいと意思表示すると、教頭は驚いた様子だった。職員室の中で彼女は、カラーレーザープリンタ複合機とかアルカリイオン整水器、金属製キャビネットより存在感のない存在だった。プリンタや整水器、キャビネットより目立ちたいという欲望は彼女の方にもなかった。ひょっとするとS女子高校に着任したその瞬間から彼女は、目につかないことだけを唯一の目標としてきたのかもしれない。

何日か後、交流団準備会議に出席するようにという伝言を聞いて、彼女は自分が交流団に加えられたことを知った。自分の希望を実現させるという経験はとても久しぶりで、彼女はちょっと元気が出た。一緒に行くほかの指導教師は、中学の音楽の先生と男子高校の英語の先生だ。音楽の先生はまっ赤な口紅を塗っている太った女性で、英語の先生は、人はいいのだが英語が下手すぎて、ネイティブ教師との意思疎通さえできていないという噂のある男性だった。

会議室には彼ら以外に、三校の校長が並んで座っていた。彼女がいぶかしく思う暇もなくドアが開いたと思うと、一人の男がすたすたと中へ入ってきた。ヤンもほかの人たちと一緒につられて立ち上がった。男はネクタイを締めておらず、チェックのシャツに紺色のブレザーを着ていた。彼はS私学財団の新しい理事長の、チャンだった。ああ、お目にかかれて嬉しいですとチャンがあいさつした。丁重な中にも快活さのある語調だった。反射的に深く頭を下げながらヤンは、ちょっと妙なことになっているな、という感覚にとらわれた。

チャンが理事長職に就任してから何か月も経っていなかった。彼はS学園設立者の外孫で、ヤンが赴任する前から理事長を務めていた前理事長の甥だった。前理事長は八十歳を越えた老人で、平教師の立場では、入学式と卒業式以外に顔を合わせることはほとんどなかった。卒業式に出席した老人は半分寝ているような表情で座っていたが、自分の番が来るとゆっくりと壇上の正面に歩み出て、国家に忠実で社会の恩に報いる人材になれという、してもしなくてもいいような演説を弱々しい声でつぶやいたものだった。

年を追うごとにやせ細って老いていく老人を遠くから見るたび、ヤンはパクのことを思い出すまいと努めた。老人とパクが正確にどのような関係なのか、ヤンはよく知らなかった。二人は生年は違うが出身大学が同じなので、先輩後輩の仲だろうと推測されるが、それ以上をあえて確かめる気にもなれなかった。二人の間にまだ交流があるのかどうかもわからなかった。ヤンは老人への感謝の気持ちを失ったことはなかった。ずっと前、パクからの依頼の一言でただちに彼女を採用してくれたからではない。その後一度も、彼女を知っているそぶりを見せなかったからだ。

S財団を知る人なら誰もが、理事長が死ねばその息子たちの一人がその地位を継ぐと予想していただろう。しかしそんな平和で退屈な版図が崩れるような事件が昨年の夏に起きた。その都市の夏の真昼の水銀柱が三十五度を指していた日、道路のまん中で舌を突き出して死んだ猫の死体をヤンが見つけた日、公営放送の地域ニュースにS学園が財団の不正によって教育庁の監査を受けていることが独占報道された。その後様々なことが立て続けに起こった。ヤンとしてはいつ結成されたのかもあずかり知らない「S学園正常化のための良心的教師の会」名義の声明文が発表された。理事長に最も近い側近である事務長が背任と横領の嫌疑で検察の調査を受け、一貫して沈黙を貫いてきた理事長も参考人という立場で召喚された。彼が秘書たちに両脇から支えられて地方検察庁に出頭するモノクロ写真が地方紙の社会面に載った。老人はただちに理事長職から追われた。しばらく空席だった理事長の席についたのがチャンだった。チャンについて知られていることはきわめて少なかった。経営者一族の中ではちょっと見放されていた方で、今回のことは本当に急だった。若いときに麻薬で問題を起こしたことがある、映画製作に大金を投資して大失敗した、失敗はしたがまだ大変な資産家だ、などの噂が出回っていた。前理事長やその息子たちと仲がよくないという噂だけは事実だったらしい。新理事長の就任式の日、前理事長の側近である財団職員たちと何人かの教師が阻止のために立てこもりに入った。新理事長が乗ってきた灰色の高級車は校庭に入れず、校門の外で停まらなくてはならなかった。すぐに双方の親衛隊の間で物理的な衝突が起き、中学の体育の先生が新体操に使う棍棒を振り回したために営繕課の職員が鼻の骨を骨折した。控訴するという噂が流れたが、誰がどんな手を打ったのか、ことはそれ以上には拡大せず収まった。新理事長の就任以後、職員室は目に見えない線によって三つに分けられたかのようだった。前理事長派、新理事長派、そして無党派。

　チャンをこんなに近くで見るのは初めてだった。彼は背が低くてやせ型だったが、小男というよりは何となく少年のような印象の男性だった。前髪を一方にふわっと流して自然に額（ひたい）を隠したヘアスタイルと、おしゃれなデザインのべっこう縁のめがねのおかげだろうか、年齢の見当がつきかねた。チャンが口を開いた。急に来たのでびっくりなさったでしょう、すみません。その言葉が本当の謝罪ではなく、謙譲の意を表すための修辞であることを、その場に集まった全員が知らないはずはなかった。いずれにせよヤンは、内心かなり驚いた。ジェスチャーにすぎないとしても、成功した中年男性がそのような姿勢をとってみせるのを見たのは、はるか昔のことだった。

何よりも彼女を驚かせたのは、チャンの声だった。彼は、落ち着いた中にも威厳あるバリトンの音色で話していた。続いて彼は、新しく姉妹関係を結ぶことになった横浜の学校の理事長と自分の縁について短く説明した。留学中に知り合った仲ということだった。簡単に申し上げれば兄弟のような仲です。予定にはなかったが、どうにか時間を都合して自分もこの交流に同行できることになったという要旨の文言が新理事長の口から出てくると、校長たちの表情が微妙に変わった。

よろしくお願いいたします。チャンが教師たちの方を見てあいさつした。英語の先生が改めて頭を下げてあいさつの身振りをし、音楽の先生は歯茎を見せてにっこり笑った。ヤンは、自分が彼女の年齢をはっきり覚えていることに改めて腹が立った。いつだったか、大勢のいる席で彼女が、とても明瞭な声で強調したことがあった。あら、先生、私と一回り違うんですね。そのときになってヤンはようやく、ああ、キム先生も見た目よりお若くないんですねと言い返したが、それが相手にはほめ言葉に聞こえたかもしれないと後で気づいた。チャンが音楽の先生に向かって微笑んだ。ヤンはそっと眉をひそめたが、誰も気づかなかった。

出国の日、ヤンは朝早く家を出た。旅行用トランクの鍵を閉めた後、靴をはく前に夫の寝ている玄関の横の部屋の前を通ったが、ノックはしなかった。集合場所は学校のグラウンドだった。貸切バスに乗って、羽田行き飛行機が離陸する金浦（キムポ）空港へ移動することになっていた。ずいぶん待っても中学校の生徒一人がなかなか来なかった。音楽の先生が保護者の携帯に電話した。もうそろそろ出発の時間なんですけど。電話を切ると彼女は、大したことではないというように先方の言葉を伝えた。今、お父さんが空港まで車で送っていく途中ですって。そのとき遠くから白い車がスピードを出して走ってきて停車した。後部座席の窓を開けて、チャンが頭を突き出した。彼はべっこう縁のめがねではなくレイバンのボーイングのサングラスをかけていた。

そのサングラスを見た瞬間、ヤンは仰天した。自分が一目でそれを見分け、と同時にパクの顔を驚くほど生々しく思い出したためだ。不思議な怖さが彼女を襲った。ヤンは気を引き締めようと努めた。レイバンのサングラスを使う人はとても多いのだ。特にあのモデルはいうまでもなく、世界的なベストセラーなのだから。緑がかった濃い色のレンズごしにチャンが何を見ているのかはわからなかったが、ヤンは音楽の先生に向かってきっぱりと言った。そんないいかげんに処理したらいけませんよ。予想外の反応に、音楽の先生は目をぱちくりさせた。決められた原則というものがあるでしょう？　原則を安易に無視したらあっという間に崩れていきますよ。これからは必ず、あらかじめ相談してくださいね。ヤンは自分を決然とした、しっかりした人間、軽々しく動揺しない人に見せたかった。音楽の先生に、理事長に、この世のすべての人に。音楽の先生がうなずいた。

団体搭乗手続きが終わってもその生徒は金浦空港に到着しなかった。電話のむこうでその子の父親は、仁川(インチョン)空港だと思って来たのにどうなってるんだと言って逆に腹を立てた。お子さんを日本に行かせたいなら、すぐこちらに来てください。ヤンは事務的にそう言うと電話を切った。

制服の上に、もう一枚の制服みたいに無彩色のダウンジャケットを着た一群の子どもたちが出発ロビーの入り口に立ったままざわざわと騒いでいた。男子の何人かは互いに押し合ってふざけている。ヤンの神経は尖ってきた。その子一人のために飛行機に乗り遅れたら? よからぬ兆候が見えたときに最悪の場合を想像するのは、小さな不運を人生全体の不幸への伏線として拡大解釈する癖と似ていた。羽田到着の時間に合わせて現地のガイドと姉妹校の関係者が迎えに来ることになっており、すぐに横浜へ移動して歓迎式に出席した後、夕食をとらなくてはならなかった。飛行機に乗り遅れたら、十分刻みで組まれているすべての計画が一瞬にして崩れてしまうはずだ。これも全部、さっき独断でこの一件を処理した音楽の先生のせいだ。ヤンは怒りを抑えるのに苦労した。

みなさん、先に出発されたらいいですよ。思いがけずチャンがそう言い出した。彼はあっさりと事態を収拾した。自分が後に残ってその生徒を待つというのだった。もしも乗り遅れたら次の飛行機で追いかければいいと彼は言った。満席だったらどうするのかとヤンが口ごもると、それならファーストクラスにでも乗っていくから心配するなという答えだった。さあみなさん、気を楽にして行ってらっしゃい。チャンはにっこりと笑いながら、生徒たちをよろしくお願いしますとつけ加えた。彼は空港の中でも相変わらずサングラスを取らなかったので、ヤンは少しは楽に彼の顔を見ることができた。洗練された、気さくな男性だ。パクとは違っていた。どんな男とも違っていた。機内で彼をじりじりと待ちながらヤンは、ありがとうとかすみませんとか言うべきだったのではないかとしばし後悔した。しかしそれよりも、さっき出発ロビーで別れる直前にチャンがとった行動、つまり彼女の肩甲骨のあたりを二度、軽くたたいたことの意味をじっくり考えるのにずっと長い時間をかけた。

飛行機のドアが閉まる直前に、チャンは乗り込んできた。女生徒と一緒だった。チャンのレイバンはいつの間にかべっこう縁のめがねに変わっていた。ポニーテールに結った少女は駆けつける間じゅう泣いていたのか、目が赤かった。ヤンは、大人でも子どもでもない年齢の人間が嫌いだった。その年齢の子はたいがい羞恥心を知らないか、とんでもなく大げさなのだった。チャンが生徒を席に座らせ、ビジネスクラスに行こうとして、ちょっと立ち止まった。心配しないでと言ったでしょ？ それは間違いなく、魅力をアピールする牡の羽ばたきに見えた。彼女はすこぶる当惑した。飛行機は全速力で丸い雲の中へ吸い込まれていった。

五日間の日程で、ヤンがチャンと二人きりになった瞬間はたった二回だけだった。横浜の神奈川近代文学館を訪れた二日め、見学時間が予想より長引いた。案内を任された博物館の職員は、所蔵品の一つ一つをすべて見てほしがっていた。生徒たちの最後尾について、夏目漱石が使っていたインク瓶とか川端康成の肉筆原稿の前を通り過ぎるとき、チャンが耳元でやや大きめの声でささやいた。誰が誰だか全然わかりませんね。ほかの男性、例えば彼女の夫がそんな行動をしたらヤンは怒ったことだろう。けれどもチャンの言葉を聞いて、自分がずっとあくびをこらえるのにひどく苦労していたことを、ヤンは今さらにして認めた。

一行はいくつもの階段を歩いて降り、薄暗い倉庫の中へと案内された。燻蒸消毒をする部屋だそうですと通訳が伝えた。寄贈された資料はトラックの荷台からおろされるや否や専用の箱に放り込まれて、二日間消毒を受けなくてはならないという。どうしてですか？　一人の男子生徒が尋ねた。民家で保管されていた資料には、雑多な細菌がついていることがよくあるからです。後ろの方で、よく聞こえなかった誰かが、何？　とつぶやいた。汚いからだよ、とどこかから無思慮な言葉が聞こえてきた。これから講堂に行って、準備されたスライドを見ながら学芸史の講義を聞く予定だという。薄暗がりの中でチャンが、横に立ったヤンの服のひじのあたりをそっと引っ張った。

チャンとヤンは外に出た。倉庫と比べると冬の日差しがずっと暖かく感じられる。チャンはめがねをはずしてレイバンをかけた。悠々たる動作だった。博物館に沿って静かな遊歩道が長々と続いていた。海が見える展望台まで歩いていく間、彼らが特別な会話をかわしたわけではない。先生の前でこんなことを申し上げるのは心苦しいのですが、ここまで来て授業を聞いてるのもちょっと何ですからね、とチャンが言った。ヤンは微笑した。訂正します、実は心配だったんですよ、最前列でうとうとしちゃいそうでね。ヤンは思わず息を吸い込むような声を上げて笑った。寒くなくてよかったですねと彼が言い、ほんとにそうですねと彼女が答えた。横浜、いいじゃありませんか。チャンが言った。特に答えを待っているのでもないような言い方だったが、ヤンはまた、ほんとにそうですねと相槌を打った。

これが東京湾です、海ですよ。展望台に大きなスタンド式望遠鏡が設置されていた。チャンがコインを入れてくれた。ヤンはレンズに目を当てた。海は青く、地平線ははるかに遠い。午後もいいですけど、横浜は夜が本当にきれいなんです。ええ、はい。

冬もいいですけど、春がいちばんですね。ああ、そうなんですね。つまり彼らは今、最高には少しだけ及ばない横浜にいるというわけだった。まだ行き先が残っている冬の午後。もう一度、春の夜にまたいらっしゃい。彼女の頬が赤くなった。

三日目から最終日まで、チャンは東京に用事があると言って横浜を離れた。見知らぬ都市ががらんと空いてしまったようなよそよそしさに、ヤンはやるべきことが手につかなかった。もしも引率の教師が彼女一人だったら、少なくとも彼はあんなにさっと行ってしまいはしなかったのでは、という推測がヤンを苦しめた。生徒たちがホームステイ先の家庭で食事をすることになっている最後の夜、ガイドが彼らを駅の近くの居酒屋へ案内した。チャンが彼らを待っていた。彼は、横で止めなかったらメニューに載っている料理を全部注文しそうな勢いだった。先生方に本当に感謝しますと彼は何度も言った。心強いとも言った。酔いはすばやく回った。音楽の先生は盃を軽々と空け、チャンが推薦したサケが、ほろ苦さの中にコクがあって美味しいと言って騒いだ。ヤンは長いこと、自分の酒量など考えもせずに生きてきた。酔ってると自覚するほど酔ったのは二十五年前、パクの行きつけの南大門（ナムデムン）のHホテルの和食店で日本酒を飲んだのが最後だった。

あの夜パクは、とめどなく泣いた。すすり泣いては鼻をかみ、また泣き、それを夜通しくり返さんばかりだった。若い恋人の前での彼は、もっぱら多感で愛情表現の豊かな男だったが、あれほど凄絶に感情の底の底まであらわにしたことはなかった。ヤンは、二人の愛は中が見えない陶器の酒器に入った熱い清酒のようなものだったのかと疑わねばならなかった。一杯、二杯と注いではその甘やかな味を楽しみ、飲み干すうちにやがて空になってしまうもの。注いでも注いでもなくならない酒瓶はない。涙を流す前にパクは、陰謀について話していた。工作に巻き込まれたよ。彼は「敵たち」という名詞と「あいつら」という代名詞を併せて使用した。敵はもう証拠を確保している、あいつらは罠にかかったえものをただで放しはしない。

そのときまで彼女は、ひとえに時間だけは自分たちの味方だと信じていた。全員に負けても時間にだけは負けない自信があった。次の選挙はあきらめるしかないようだ。彼は悲壮に語りつづけた。私は耐えられるが、君が心配だ。あいつらが持っている証拠のレベルがどの程度かわからないが、脅迫の強引さから見て、君まで苦しめられるだろう。とまどいと恐怖が順にヤンの中を通り過ぎていった。夜がすっかり更けた後になってヤンはようやく、それが別れの宣告であることに気づいた。パクが流した涙の目的はもしかしたら、自分を完璧に説得し、否応なく別れを受け入れさせることにあったのではないかという疑念は、かなり後になってからやってきた。

チャンは日本酒について一家言あるようで、自分が選んだ酒の最初の一口にみんなが感嘆するところを子どものように喜んだ。ヤンは、酒はあまり飲めないと言った。

実は飲めるのか飲めないのか自分でもわからないんです、酔うまで飲む機会がなかったもんですからね、とても長いこと。それって、いくら飲んでも酔わないって意味じゃありませんか。英語の先生がそう返した。ヤンは、彼が大した熱意もなく自分をからかっていることに気づいた。ある人にとってはありのままの事実を口にすることに大変な勇気が要るのだという事実が、ほかの人たちからはしばしば軽んじられる。ヤンは一言も答えず、これ見よがしに自分の前の盃を空けた。

対角線の向こうに座っているチャンは音楽の先生に、新潟産と兵庫産の酒の違いについて説明しているところだった。一方は甘くてもう一方は深みがあるんですよ、あえて選ぶなら私はこっちが好きです。そのときちょうど英語の先生がけたたましい音を立ててしゃっくりをしたため、チャンが選んだのが甘い味なのか深い味なのかは聞き取れなかった。チャンはヤンの方へ特別な視線を向けなかったが、彼女は彼が意識的にそうしているという印象を受けた。理解できるような気がした。

ああ、そういえば、昔「ブルーライト・ヨコハマ」っていう歌が流行したでしょ？　英語の先生が急に言った。そんな歌があるんですか？　音楽の先生が聞き返す。日本の歌だと思いますよ、エンカ、かな？　えーと、聞いたことありませんか？　ブルーライト・ヨコハマ、アルイテモ、アルイテモ……英語の先生の口から出てきた歌は滑稽だった。大観覧車の話を始めたのは、音楽の先生だった。一度乗ってみたかったんですけど、また乗らないままで帰ることになりますね。するとチャンが腕時計を見た。今から行けば乗れますよ。彼らは外へ出た。チャンがかなり遠くの方を指さした。緑色の明かりできらきらしている大観覧車が見えた。

彼らはタクシーに分乗した。英語の先生が前の席にさっさと乗り込み、音楽の先生とヤンとチャンが後部座席に並んで座った。車が揺れるたび、ヤンの腿とチャンの腿がごくわずかに触れ合っては離れた。触れ合って離れた場所に、ドーナツのような形で熱気が広がる。近づくにつれて大観覧車はだんだん大きくなった。丸く打ち上げられた巨大な花火のようにまばゆく明るく光るそれは、この都市の真の支配者であるかのようだった。タクシーから降りて地面に立ったとき、彼女は空中に危なっかしくぶら下がっている何十個もの箱を見た。四角い箱たちがとてもゆっくり動いている光景を見て、そのまん中にあるデジタル時計の数字を見た。9:43。その瞬間、最後の数字が4に変わった。9:44。

ヤンは観覧車に乗らなかった。胃の調子が悪いからと言い訳した。みんな乗りに行くのかと思ったら、いつの間にかチャンが近づいてきて隣に立った。私、怖がりなんですよ。彼が低い声で告白した。頂上までほとんど近づいた瞬間がいちばん怖いんです、自分が窓を割って飛び降りるんじゃないかという気がしてね。わかります？　ヤンはうなずいた。彼らはそれ以上何も言わなかった。堂々めぐりするようにゆっくりと回る観覧車をじっと見守った。ネオンサインの明かりが赤に変わった。円のまわりを取り巻いた何十万個もの裸電球がきらっ、きらっ、きらっと点滅した。まぶしい光景だった。チャンがべっこう縁のめがねをはずしてレイバンのサングラスをかけた。いちばん高くまで上った観覧車がしばし止まったと感じたのは、錯覚だったのだろうか。頂点に達した箱が、いかなる秘密も目撃したことはないというようにゆっくりと下降した。

地面から出発した箱がまた元の場所に戻ってくるには十五分かかった。十五分ぶりに地上に降りてきた音楽の先生は、観覧車の中に座っているのは思ったより退屈だったとぶつぶつ言った。夜景はすてきだったんじゃないですかと英語の先生が聞いた。好きな人と一緒だったらそうかもしれませんね。音楽の先生がそう言うと、英語の先生がおどけた表情で舌を突き出す真似をした。彼らは宿所の前のパブに席を移した。室内の照明が暗く、うるさかった。無名の女性歌手が日本語の歌詞でジャズを歌った。音程がひどくはずれていた。みんなすっかり酔っていた。ヤンも酔った。二十五年ぶりだった。

彼らは金浦空港の到着ロビーで別れた。チャンはきわめて礼儀正しく丁重にあいさつし、迎えに出ていた運転手と一緒に空港を出ていった。ヤンは生徒たちを引率して貸切バスに乗せた。生徒たちを学校まで安全に連れていき、解散させることが、彼女に課せられた任務の締めくくりだった。五日前に停めておいた車が教職員駐車場にそのまま停まっていた。家に向かう以外、そこで彼女に選べる道はなかった。中間地点のあたりから雨だれが落ちてきた。マンションの駐車場でエンジンを止め、運転席のシートを後ろへ倒した。目を閉じた。眠いのではなかった。雨だれがぽつりぽつりと車の屋根の上に落ちてくる。何もせず、死者のように、ヤンはしばらく車内でじっとしていた。

別れてから、パクからたった一度連絡が来たことがあった。ヤンがまったく縁故のない京畿道（キョンギド）の小都市郊外にあるS女子高校のそばに小さな家を構え、地域の青年と結婚し、さほどたどたどしくもなく家事を切り回せるぐらいには時間が流れた後だった。何年かがぐんぐんと過ぎていく間、幸せになりたいとは思っていなかった。そんな暇はなかった。飼い主がこっそり棄てていった幼い家畜のように、生き残るために生きた。意思に先立つ本能だった。

パクから連絡が来たのは、彼女が妊娠六か月めにさしかかるころだった。S女子高校からも家からも遠く離れたところで、ヤンはパクの車に乗った。パクは黒い中型車を自分で運転してやってきた。太陽が傾いていく午後の遅い時間だったが、彼は大きなサングラスをはずさなかった。レイバンのいちばんよくあるタイプのものだった。

元気でやっているかとパクが尋ねた。主語のない質問だった。はい。ヤンは短く答えた。よかった、とパクが言った。本当によかった、とくり返した。

二年前に行われた総選挙で、パクはぎりぎりの票差で地域選挙区を守った。おめでとうございますと言うべきだろうか、遅すぎないだろうか。ヤンは判断がつかなかった。ヤンは、その上で両手を重ねたままじっと座っていた。パクは議会で何かの幹事職を務めるようになってとても忙しいと言い、腎臓に腫瘍が見つかったので組織検査を受けることになったと言った。さっき、おめでとうという言葉をうっかり口に出さなくて幸いだった。だからといって、心配ですねとか何とか、慰めの言葉をかけるのも差し出がましいように思えた。昼ごはんもそこそこだったせいか、ヤンの胃腸からぐるるるという音が出た。少し後にヤンは息を小さく吸い、そろそろ行かなくてはと言った。理由めいたことは言わないでおいた。そうか、気をつけてお行きなさい。パクが急に丁寧語で言った。はい、それでは。降りてから、ごめんなさいという言葉は聞かなかったし、自分も言わなかったことに気づいた。つまり引き分けねとヤンは一人でつぶやいた。その後彼らは手紙一通やりとりしなかった。

チャンについて、ヤンはさまざまな可能性を思い描いていた。ここで会うことはできないだろう。大勢の卒業生や保護者たちがこの小さな都市のあちこちに散在している。ソウルは気が向かない。ここに引っ込んで暮らしている間に、ソウルは彼女にとる。

ってあまりに巨大な名前になってしまった。たまにソウルの繁華街のまん中を歩くと、彼女はまごつき、頭がずきずき痛み、それで悲しくなったりした。いや、直接会う必要はないかもしれない。彼らは深夜に電話で話すこともできた。ほかの通信手段が彼らをつないでくれることもありえた。携帯メール、電子メール、ブログ、カカオトーク、または彼女がまだ使えない現代的な何か。とにかく次は、彼女が自分の怖いものを告白する番だった。

冬休みが過ぎても、連絡は来なかった。

卒業式に参加したチャンの姿を少し離れたところから見た。チャンは洗練された柄のダークグリーンのネクタイを締めていた。彼は明るく澄んだバリトンの声で記念の言葉をはきはきと読んでいった。前任の理事長の演説よりはるかに聞き取りやすかったが、内容については大同小異だった。演説が終わると、彼は自分だけの儀式のようにめがねのフレームをすっと押し上げた。誠意のない拍手の音が聞こえてきた。ヤンはだんだん胸がずきずき痛くなってきた。

卒業式と入学式の間に、中学校の音楽の先生と男子高校の英語の先生がそれぞれ無断欠勤したために小さな騒動が起きた。二人はどちらの家族にも上司にも何の予告もなく蒸発した。学校内外の好事家たちは、二人が一緒に愛の逃避行をしたのではないかとひそひそ噂をし、そうだったら二人は絶妙のお似合いのカップルだと笑っていた。

まだ溶けないままにグラウンドの片すみで固まっている灰色の雪のように、いろいろな噂が出回ったが、すぐに関心は薄れ、うやむやになった。悪意のある関心をずっと惹きつづけるほどには彼らは魅力的ではなく、興味深くもなかった。

入学式の日になっても彼らは戻ってこなかった。入学式にチャンは、明るいオレンジ色のネクタイを締めてやってきた。前回よりもひときわ若々しく、活気に満ちて見えた。万物が蘇る季節です。彼が準備してきた祝辞はそう始まった。暖房が入っていない部屋に冬のコートを着込んで立つ新入生たちの間に、彼の言葉は空しく響いて広がった。チャンの声を聞いている間、ヤンは音楽の先生と英語の先生のことを考えた。空中を三百六十度回転したあの四角い箱について、おずおずと地上から遠ざかり、危なっかしい木の葉のように揺れていたあの部屋と、決して消えなかったあの十五分間について、いつでもたやすく解けてしまう魔法について考えた。今は彼らの安寧を祈る以外、ヤンの選択肢はなかった。

すぐ翌日から新しい学期が始まった。新学期の初日だからといって変わることはない。ヤンはいつもと同じく出勤の準備をした。急ぐ必要はない。目が覚めるとすぐ枕元のめがねを探してかけ、顔を洗い、簡単に化粧し、昨晩作っておいたスープにご飯を入れて茶碗に半分ぐらい食べ、歯を磨いた後、前世紀のある日に買った冬用スーツを一着取り出して着た。やはり前世紀のある日に生徒の保護者からプレゼントされたマフラーを巻き、着られる何着かのコートの中から一つを選んで羽織った。夫が眠っている八十一平米のマンションの玄関のドアを開けて出ていくとき、ヤンは自分の背中を押すある力の存在を感じた。

出勤のたびに聴いていたラジオ番組の司会者が変わっていた。春の番組改編だという。新しく変わった司会者はおしゃべりで、ひどく鼻にかかった声の女性のお笑いタレントだった。理由もわからずに恋人に別れを告げられたような気分にちょっとなったが、十分ぐらい聴いてみるとその女性も悪くない。リスナーの話を読んでいき、泣いてしまって言葉を続けられない様子は、嘘とは思えなかった。一年間、頑張ってみよう。朝礼の時間、担任を任された二年生の生徒たちにヤンは力をこめてそう言った。

＊

紙に印刷された文字を読むためには、もう老眼鏡が欠かせなかった。土曜日の午後の職員室は言いようもなく寂しかった。当直をしていたヤンは暇にまかせて古新聞を引っくり返し、三日前の日付の日刊紙でパクの訃報を読んだ。宿痾という単語に目が長いこと止まった。やがてヤンは老眼鏡を新聞紙の上にそっと置いて椅子から立ち上がった。カップにお湯を注ぎ、コーヒーミックスを一袋入れて席に戻った。お湯の上にどんどん浮かんでくるコーヒーの粉を、使い捨てのスティックでゆっくりとかき混ぜた。ガラス窓の向こうから、春の日差しが斜めに降り注いで入ってくる。この春はサングラスを一つ買わなくちゃと、ヤンは不意に思った。レイバンのボーイングは自分には似合わない、とも。

誰もが死ぬ。いつか、チャンの訃報も聞くことになるだろう。チャンがヤンの訃報を聞く方が先かもしれない。最後の言葉が誰のものであっても、哀悼は残った者の義務だ。

彼女にはまた、長い午後が残っていた。

引き出しの中の家

不動産仲介士は、茶色のべっこう縁のめがねをかけた五十代の女性だった。「琴室長」と呼んでください、と言った。彼女がジンと夫のユウォンを連れて行ったのは、六〇三号室だった。荷物の全然ない空室だ。東南に面しており、リビングが正方形だった。ベランダは拡張されていなかったが、ドアや窓枠をはじめ全体のインテリアを白いトーンで合わせているため、坪数より広く見える効果がある。二十七坪に三部屋がこんなに広々と、かつスマートに収まっている物件はめったにないと、琴室長は改めて強調した。浴室が狭いな。ユウォンが一言そうもらすと、山もよくて水もよいところがそうそうありますかね、と彼女が受けて答えた。ジンの心が初めて揺れたのはその瞬間だったかもしれない。それは、完璧にバランスのとれた人生はないという意味に翻訳されて聞こえた。日光がよく入り、リビングと部屋の両方とも広い上、トイレやキッチンまで広い二十坪台のマンションは世の中に存在しない。その事実を認めると、ジンは奇妙な安堵を感じた。

つまり、十七階の部屋はここと全く一緒だってことですね？

ユウォンの声が聞こえてきた。

その通りです。

琴室長が答えた。

実際、展望で言ったらここより十七階の方がはるかにいいですよ。

ジンはユウォンと並んで立ったまま、琴室長が指さしたリビングのガラス窓の向こうを眺めた。大型スーパーの屋外駐車場と、まだ整備されていない新住宅地区に家がわらわらとひしめく様子を見おろした。

六階でもこんなに見晴らしがいいんですから、十七階はもう、ごらんになるまでもないですよね。すごくパーッと開けていますよ。

思ったよりいいよな？　どう？

小さい部屋の押し入れを開けたり閉めたりしながら、ユウォンがそう聞いた。ジンは、お願いだからそういう話は二人だけのときに言う夫であってほしいと思った。

そうねえ、ちょっと、まだ。

彼女がはぐらかすと、琴室長が肩をすくめる真似をした。

あああ、それじゃ逃しちゃいますよ。逃すには本当に惜しい物件です。今日だけでも、何組の方が見ていかれたかわからないのに。

その言葉は誇張ではあっても、まったくの嘘というわけではないようだった。ジンは十七階に一度上ってみたいと言った。琴室長がめがねのフレームに指をあてた。

ああ、それなんですけどねえ、私も残念なんですが入居者の方がちょっと、大変な方でして。

ここに来る前にも二、三回そうくり返していた。売りに出ているのは一七〇三号室なのに、彼女が二人を連れていったのは六〇三号室だった。六〇三号室は、月払い賃貸の入居者が現れるのを待って空いていたのだった。

まったく同じ間取りと考えていただいていいんですよ。各階とも末尾が三、四ナンバーのお部屋は全部、構造が同じですから。

一七〇三号室の内見ができないのは、そこにチョンセ［韓国特有の賃貸の方式で、最初にまとまった額の保証金を大家に預ける代わりに、月々の家賃が免除される。大家は保証金を運用して利益を出し、入居者が退去する際には保証金を全額返す］で住んでいる入居者がなかなか家の中を見せてくれないからだそうだ。

たまにそういう人たちがいるんです。まだチョンセ期間が満了してないんで、中を見せる法的な義務はないですからね。それで大家さんも仕方なく、こんなに安く売りに出しているんですよ。

案の定、七〇三号室の売り出し価格は一般的な相場より三千万ウォンほど安かった。国産の中型車一台分の価格だ。本当にそっくり同じ間取りなら、ここに決めない理由はない。目で確認しなくとも信じる者たちはいる。目で確認しないからこそ信じる者たちもいる。より徹底して信じる方が勝つというのが、取引の法則なのかもしれなかった。

いいえ、中に入れなくてもいいですから、一度上るだけ上ってみたいんです。

彼らはジンの望み通り、エレベーターに乗って十七階へ上った。六階と違う点は何もなかった。二つの金属製のドアが、いくらかの間隔をおいて並んでいた。

誰もいないはずなんですけど、でも、万一ということがありますからね。

琴室長が一七〇三号室のブザーを長々と押した。ぴぃいいいっ。ぴぃいいいっ。続けて二回押したが、中からは何の応答もなかった。ジンは、固く閉ざされた一七〇三号室のドアをじっと見た。一つの家の持ち主になることはいったいどういう意味を持つのか。夫婦の共同資産ができることの意味、二年過ぎても引っ越しの心配をしなくてもよくなることの意味。そこには、十年以上も返さねばならない借金が荷物さながら肩にのしかかることとはまた別の意味があるのかもしれない。一七〇三号室からは返事もなく、静まり返っているばかりだった。再びエレベーターに乗って一階に着くより先に、ユウォンはがまんできず口を開いた。

室長さん、私たちがここを買った後も入居者の人が粘って出ていかなかったら、どうなります？

彼は真剣だった。ジンは背筋がひやっとした。空気中にかすかに漂っていた不安の実体をいきなり手にしたような感じだった。不動産仲介士が笑みを引っ込めた。

あ、そんなことにはなりませんよ、旦那様。来月にはチョンセの契約が満了になるんですから。

それでも、順として出ていってくれなかったら、そちらで責任をとっていただけるんでしょうか？

もちろんです。私どもはいい加減な仕事はしませんよ、旦那様。

旦那様を連発されたユウォンが何とも返事をしないうちに、彼らは地上に着いた。共用エントランスの中に立って話をすべて終えた。琴室長は、こんなことをしていても貴重な時間が過ぎていくだけだと言った。まだ決心がつかないならそれでもいいから、まずは大家さんと会ってみろというのが彼女の意見だった。

手のひらも合わせてみなくては音が出ないでしょ。

それは適切な比喩のような気もするし、めちゃくちゃな比喩のような気もする。

価格面についてもそうですよ。私どもが中間で調整するにはどうしても限界がありますからね。一度お会いになって、人間対人間で、今みたいにダイレクトにどんどん交渉してごらんになったら、ここの大家さんはケチでもないし話の通じないお年寄りでもないんだから、ええい、今日は一つバーンと大きく負けてあげようなんてことにも、なりうる話ですよ。

ユウォンが乗り気な様子なのにジンは気づいた。中学校の制服を着て大きめのかばんをしょった少年が一人、ガラスのドアの外に立っているのが見えた。少年が暗証番号を押すと、共用エントランスの自動ドアがパーッと開いた。彼らが立っているところを通り過ぎてエレベーターの方へ歩いていく少年の後ろ姿を見ながら、ジンは、あのドアを入ってくる十年後のシウを思い浮かべた。まだ地球に現れていない二人めの子のことも思い浮かべた。今年で築十年のマンションだから、十年が流れる間に古くはなるだろうが、目に余るレベルではあるまい。十年は曲がりくねった流れのように過ぎていくだろう。十年後のシウはあの少年のように中学校に通っていて、ジンよりずっと背が高いだろう。二人めの子は団地内の小学校に通っているだろう。二人めをそこまで育てるには来年、遅くとも再来年には妊娠しなくてはならない。団地内に保育所と幼稚園と小学校があり、徒歩で十分あまりの距離に中学校まであるというのは、ワーキングマザーの子どもたちにとってまたとない好条件だった。

琴室長はその場で大家に電話して、土曜日の昼に会う約束を取りつけた。事態が素早く進展するかもしれないという実感が初めて湧いてきた。自分たちの家。わが家。車の中でジンと二人きりになると、ユウォンが言った。

もともとこういうことってのは、弾みで決めちゃうもんだって言うよな。

それ誰が言ったの？

え？　誰だっけ……とにかく、前、聞いたんだ。

ジンはハンドルを握っている夫の姿を横からちらっと見た。何かに集中しているときに見られるぼうっとした表情だった。彼はもう三分の二ぐらい決心を固めていた。ジンはそれぐらいには夫のことがわかっていた。

家を買う計画なんか全然なかった。一か月前でさえそうだった。結婚して六年が過ぎる間に、彼らは三回引っ越した。一般的な住宅のチョンセ契約期間は二年だから、チョンセの満期を迎えるたびに新しい家に移ってきたわけだ。二軒めの家は新婚の家より五坪広くなり、部屋も一つ増えた。ローンも増えた。三軒めの家は二軒めの家より三坪狭くなった。部屋数はそのままだったが、ローンは増えた。ローンはずっと増える一方だった。だが家計に占める借入れ率が少し増えたからといって、生活が大きく変わるわけではない。ユウォンもジンも二人とも、毎月一定の日に一定金額の給与を受け取る会社員だったので、日常生活はどうにか以前と同程度に維持されてきた。金融関連取引に関することは全部、ユウォンが担当してきた。彼が望んでのことだ。

どうせ君はそういうの、めんどくさいだろ。

新婚旅行から帰ってくるとすぐに彼は、十二歳の姪っ子に気を遣ってやる母方のおじさんみたいな口ぶりで、ジンの公認認証書［金融取引のための本人確認認証］を要求した。そう言われて一言も反論できなかったのは、それがある程度事実だったからだ。若干の個人用こづかいを除き、ジンの給与の大部分はユウォンの給与と合わせて生活費に使われた。普通の家庭と変わりのない支出だった。チョンセ資金ローンの利子、クレジットカードの支払い、似たような金額の積立預金いくつか、保険料、子どもの保育所代、各種の公共料金とマンションの管理費などなど。それらの間に一つの共通点があるとしたら、先月もう使ってしまったお金だという点だ。前月のつけを翌月に返すシステム以外の方法で暮らしている現代の家族を、ジンはほとんど見たことがない。近くで見たことがないというだけであって、その存在まで否定するという意味ではない。どこかにはそういう人たちもいるのだろう。一か月、いや三か月とか四か月、またはそれ以上の生活費を一般預金通帳に何とも思わずに入れっぱなしにしておく人たち。いつ引き出して使ってもいいし、使わなくてもいいお金を。

ジンはまもなくチョンセの満期だということを意識していた。ユウォンも同じだった。ユウォンは内心、チョンセの延長を予想していた。

ここの大家さんが持ってる物件、一軒二軒じゃないっていうからな。まだ連絡が来ないところをみると、うちのことは忘れてるんだよ。どうせちょっとしたら自動延長だから、半月だけ待ってみよう。

それは彼の意図とは関係なく、悲壮なジョークのように聞こえた。大家はユウォンとジンより五歳年上の男性だった。契約書を作成した不動産屋は彼のことを、こういった物件をたくさん所有している資産家だと説明した。資産家という古色蒼然たる漢字の前で、ジンは噴き出しそうになるのをこらえた。チョンセ契約を結ぶとき、その男性に一度だけ会った。彼はこの都市ではめったに見ない赤紫色のＳＵＶに乗ってきた。

ランドローバー・ディスカバリーだ。

ユウォンがジンの耳元でささやいた。男は、遅れて申し訳ありませんと非常に礼儀正しく謝罪した。契約書にためらいなくはんこを押した後は、引っ越しが無事にすみ、この家でいいことがたくさんありますよう祈りますという鷹揚なあいさつを残して風のように消えた。

身分証の住所、見たか？

後でユウォンが尋ねた。

ううん。

実は見たのだが、ジンはそう答えた。

この町に何十軒も持ってるっていうけど、自分はよそに住んでるんだな。

不動産屋は、その人が所有している物件を「何十軒」ではなく「たくさん」と言っていた。わざわざ訂正する理由もないので、ジンはユウォンの勘違いを放っておいた。もちろん、いい大家さんに当たったというユウォンの意見に反対する気はない。この冬ボイラーが故障したときにすぐ修理代を振り込んでくれたのをみても、間違いなくそうだと思う。彼は修理会社が提示した金額に文句をつけたり、値切ったりもしなかった。

ジンとユウォンは彼を、善良で、心の広い、記憶力のよくないお金持ちだと思い込んでいたらしい。そう信じていたかったのだろう。

大家から通知が来たのは、チョンセの満期日まで正確に三か月という時点だった。

こんにちは。現在の相場に合わせて保証金を引き上げることとします。ご了解のほどお願い致します。

そのときジンは帰宅するバスの中にいた。つり革につかまった不安定な姿勢のまま、文法上の間違いが一つもない大家のメールを読んだ。一度読み、二度くり返して読んだ。

バスは規定の速度で走っていた。間もなく、降りる停留所だった。見慣れた看板が窓の外を通り過ぎていく。地下鉄の駅からかなり離れた急な坂の上にあるという短所、同じ広さの新築マンションに比べて室内が狭く設計されているという短所にもかかわらず、この一年、ジンはここでの生活に大きな不満はなかった。満足していたという意味ではない。不満か満足かじっくり考えてみるには忙しすぎる毎日だったのだ。

バスが横断歩道の前で停まったとき、スマートフォンですばやくマンションの名前と坪数を検索してみた。同じ条件の家が、彼らが二年前に契約したときより二十パーセント高い価格で取引されていた。想像はしていたが、これほど上がっているとは知らなかった。選択肢は多くない。値上げに応じるか出ていくか。ジンはユウォンにメールを転送した。彼は最近ずっと残業続きだった。重要なプロジェクトを受注するためということだった。

今回の仕事を取れなかったら、全員クビだって言ってる。

誰が？

課長が。労働庁に告発しようかな？

前日の夜、へとへとになって夜中の十二時ごろ帰宅したユウォンは、顔をしかめてみせることもなくそうぼやいた。彼が手も洗わず、靴下も脱がずにばたっとソファーに横になってしまったので、ジンも思わず顔をしかめた。彼は最近よくそんなふうにして寝て、朝までずっと眠っていた。寝るならちゃんと寝るしたくをしてから寝てよとはっきり言っただけなのに、ユウォンはそれを違う意味に受け取ったらしい。彼は眉をひそめて、ソファーからぱっと立ち上がった。

一日じゅう大変な思いをして働いて帰ってきた人間に、せいぜいそんなことしか言えないのか？

ユウォンは肩を震わせてつぶやいた。ジンは、この小さな騒動でシウが目を覚ますのではないかと心配になった。子どもが寝ている小さい部屋のドアをしっかり閉めた。子どもは夜の寝つきがひどく悪く、朝によく寝る子だった。朝、まだ目が覚めていない子をずるずる引っ張って保育所に連れていかなくてはならない。ユウォンは、それが辛いと言うジンを理解できなかった。

俺は君がうらやましいよ。出勤時間が遅くて。

彼は、ジンがあたふたと会社を出て保育所から子どもを連れて帰り、夕ご飯を作り、子どもをお風呂に入れる大変さについて話すときも、いつも似たような反応だった。

俺も六時がチーンと鳴ったら子どもの顔を見に走っていきたいし、うまいものを作って食べさせたいし、眠るまで抱っこして横になって本を読んでやりたいよ。それがしんどいなら、俺と会社を交代する？

あてこすりで言っているのではなく、ユウォンは本当にそう思っているようだった。彼とこんな会話をしていると、遠く離れた土台と土台の間に白くかぼそい綱を一本渡して、その上を歩いて渡っているように心許(こころもと)ない。

保育所のドアを開けて入っていくとき、ユウォンから返事が来た。

何？　どうしろっての？

ジンには彼が送ってきた二つのクエスチョンマークが、大家ではなく自分に向けられていると感じられた。ジンが見ているとユウォンは最近、しょっちゅうこの手のトリックを使おうとする。第三者の立場を先取りすることで、直面する問題の実務責任を他者に押しつけてしまうのだ。その他者がまさにジンだった。

保育所のドアを開けると、いつもと同じく、とりわけ体の小さい三歳の男の子がまっ先に玄関の前に飛び出してきた。自分のママじゃないことを確認するとその子の瞳が毎回、さっと曇る。その深々と暗い瞳に無防備に向き合うことは、毎日くり返しても慣れなかった。

ごめんね。あなたのママもすぐ来るからね。

ジンの言葉が子どもの耳にちゃんと聞こえたかどうかは知るよしもない。シウはいつものろのろと、別に嬉しそうな様子もなく歩いて出てくる。ジンはシウを力一杯抱きしめた。シウは黙ってぎゅーっと抱かれている。来たときと同じように子どものかばんを自分の肩にかけて、シウと手をつないで外に出た。汗っかきの子どもの手はいつもしっとりと濡れている。保育所の中にはまだ子どもが二、三人いて、ママを待っているはずだ。シウが最後じゃなくてまだよかったと、ふと思った。

おんぶする？

子どもが首を振った。

どうしたらいいかな?

ユウォンが思ったよりずっと真剣にジンの本音を聞いてきた。彼女もまた答えが思いつかなかったので、黙々とコーヒーカップを空けた。いつからか、どんなに遅い時間にカフェインを摂取しても睡眠に何の支障もない。頭が枕に触れただけですぐに深い眠りに落ちるのだった。夢を見ることもない墨色の睡眠だ。そして目覚まし時計が鳴る前には機械のように目を覚ます。薄暗い夜明け、枕元を手探りして携帯電話で時間を確認すると六時二十分とか十九分とか二十一分だった。

まあ、しょうがない。

ユウォンがあきらめたような口ぶりで言った。

家、探そう。

引っ越すの?

それしかない。

そんなのあり? ここでいいよ。

ジンの本心だった。最善ではないだろうが、そうする以外ないだろう。大家から連絡をもらった瞬間から、ジンは次善の策を必死で探ってきた。チョンセ用のローンをもう少し増やし、銀行のキャッシュサービスも利用すれば、何とかやっていけるだろう。ユウォンは、頭がおかしいのかと言った。

明日朝、近所の不動産屋に全部電話してみて。

何で?

出て行けって意味だぞ、あれ。

どうしてそうなるの? 値上げするだけじゃん。

もっと払ってまでここに住むメリットはないだろ。

相場ってものがあるでしょうが。

君、いつも、丘のふもとの町に住みたいって言ってたじゃないか。

そういうとこはもっと高いよ。

あの泥棒どもめ。

ユウォンがいきなりそうつぶやいた。対象をぼかした罵倒だった。彼はさっきからそれを言うタイミングをうかがっていたらしい。

何だってこんな不意打ちを。

ユウォンは、長くつきあった恋人に裏切られたみたいに振る舞っていた。ユウォンの度を越した反応にジンはとまどい、相槌を打つことができなかった。二年前には二年前の相場があったのだし、今は今の相場があるはずだ。様々な面でここと似た条件のマンションを探そうとしたら、結局、似たような金額が必要になるだろう。引っ越し代と新たにかかる不動産仲介手数料を合わせたら、どっちがましかははっきりしていた。

翌朝、ジンはメールを一本受け取った。ユウォンがさっき大家に送ったメッセージが転送されてきたのだ。

こんにちは。私どもは引っ越す予定です。契約満了日に保証金の返還をお願い致します。

何か所かの不動産屋に家を探してくれと依頼したので、土日は全部家の下見になるだろうと思っていた。しかし不動産屋からは何も連絡が来なかった。こちらから連絡してみても、二、三十坪台のチョンセ物件が出ることはほんとに珍しいのだと何度も言われるだけだった。一方、彼らが住んでいた家には、新しい借り手をつのるや否や、二日で十組以上がやって来た。家を見に来る人たちは各種各様だった。自分の靴を脱ぐより先に人の家の靴箱をぱーっと開けてしまう若い女もいれば、両家の両親に小姑たちまで合わせて十人近い人数で、占領軍みたいに押しかけてくる人たちもいる。

そんな狭い家は嫌だと言ったのに何で連れてきたんだと不動産屋に腹を立てる中年男もいれば、すみっこにいたジンにそっと近づいてきて、保証金はいくらだったか、上下階からの騒音はどうか、夏の暑さと冬の寒さはどうかと根掘り葉掘り問いただすおばあさんもいた。男たちの多くは入ってきたときから早く帰ることしか頭にないらしく、大ざっぱにさーっと見ると出ていったが、女たちは目を光らせて入ってきては、食器棚のごはん茶碗の数まで数えんばかりに綿密に所帯道具を観察していった。他人の目になって見てみると、だらしなくみすぼらしい暮らしぶりだった。贅肉がべっとりついた裸体をかんかん照りの日光のもとにさらしているような気分だった。どうして引っ越すことにしたのかとジンに遠慮なく尋ねる者も何人かいた。ジンは正直に答えた。

ちょっと、まあ、そうなったんです。

そう言って言葉尻を濁せば、金の問題だと想像がつくのか、彼らもそれ以上は問わなかった。一人の契約満了日に合わせて入居したいという相手と、新しい契約は簡単に成立した。こうして彼らは二か月のうちに何としてでも出なくてはならなくなった。新しい家を見つけなければならない。いまだに不動産屋から連絡はなく、ジンは本格的にユウォンを憎みはじめた。K市のチョンセのマンションは深刻な品薄状態だった。大規模高層団地の中・小型タイプの物件は、人気のある階でなくとも希望者が何か月も待機しており、出物が一つでもあれば内見もせずに契約金を入金し、それから中を見るものだというのが琴室長の伝言だった。

ほかの町でもみんなこうなんですか？

どこも似たりよったりでしょうね。でも、このあたりは特にすごいんですよ。若夫婦がとっても多いじゃないですか。近所の学校の評判もいいし、大型スーパーが三つも近くにあるし、交通の便がよくて、地下鉄の駅も近くて。それでもソウルに比べたら安いんですものね。

それはジンの耳には、やっぱりここを出てもっと郊外へ行くべきだという予言にも聞こえた。学校の評判も悪く、大型スーパーなんか見当たらず、交通が不便で地下鉄も通っていない、K市より安いところへ。しばらくして、チョンセの物件が一つ出たという電話が来た。それが琴室長と電話で話した最初だった。

この町の物件ですよね？

ジンが確認すると、琴室長はあるマンションブランドの名前を出した。比較的新築の高層団地だった。入居日も彼らの予定とだいたい同じだった。逃してはと思い、ジンは半休をとって駆けつけた。ユウォンも急いでやってきた。夫のお古を拾って着ているのかと思うようなめっぽうサイズの大きいTシャツを着た若い女性がドアを開けてくれた。顔に血の気が全然ない。床には布団が敷いてあり、その上に、生まれてやっと百日程度かと思われる赤ん坊が二人、指をゆるゆる動かしながら寝ていた。シンクには、まだ中身が入っているプラスティックの容器がそのまま残っていた。ふたが閉まっている方はわからないが、ふたが開いている方はほうれん草のナムルと黒豆の煮物だった。ごはん粒がついた茶碗が一つ、はしとスプーンが一組ちんまりと置かれた流し台の前から、ジンはそっと目をそらした。今住んでいるところと広さは同じだが、家具や雑多ながらくたの類がかなり散らかっているので、そうは見えなかった。

ところで、この方（かた）、どうして出られるんですか？

玄関を出るなり、ユウォンが琴室長に聞いた。

ああ、大家さんが、保証金を値上げするか半チョンセ［保証金を半額に減らし、残りは月々の家賃として払う］にしてくれって言ったんで、払いきれなくなったんでしょう。子どもさんが双子だからなおさらね。実家だか、旦那さんの実家だかに行くんだそうですよ。

彼女が平然と説明するのを聞いていると、これは巨大なドミノ倒しであり、自分たちはわけもわからずその中間にはさまれたドミノのコマみたいなものだと思えてきた。最後にはみんな一緒に、後ろの人の肩に押され、前の人の肩につかまったままで倒れるのだろう。すーっと折り重なって転ぶのだろう。琴室長がまだこの家の正確な価格を教えてくれていないという事実が思い出された。

で、ここ、保証金はいくらなんですか？

琴室長が教えてくれた価格は、今住んでいるマンションより正確に五千万ウォンだけ高かった。もしも保証金を全額払えないなら、不足分は月々の家賃として払ってもいいと言う。その方がもっといいとも言う。ジンは思わずユウォンのひじをぱっとつかんだ。おい、痛いよ。ユウォンが痛そうな声を出した。そして急に、何か特別なことを思いついたように立ち止まった。こんな瞬間を認識の大転換と呼ぶのかもしれない。

で、買うとしたらいくらです?

琴室長が教えてくれたところによれば、このマンションのチョンセ価格と売買価格は五千万ウォンぐらいしか違わなかった。

このへんの不動産、いつの間にそんなに価格が下がったんですか?

違うんです、売買価格はほかの地域と比べても似たりよったりなんです。チョンセの価格がすごく上がったんですよ。

ジンは頭の中で、世の中でいちばん難しい算数の問題を解きつづけていた。五千万+五千万。つまり、今より一億ウォン多く出すだけで家が買えてしまうのだ。

チョンセより売買物件の方が多いんですか?

すごく多くはないんですけどね。

琴室長が目を輝かせて一歩近づいた。

ほんとに購入されるつもりがあるなら、おっしゃってください。ほかの業者は知らない、私どもだけが知ってるいい物件が二、三件あるんです。そのうちの一つはね、ほんとに、すごいんですよ。

それがまさに一七〇三号室だった。

土曜日の午前中、彼らは朝早くからシウをソウルのほかの衛星都市に住むユウォンの母さんに預けた。ユウォンの両親は築二十五年の古い住宅に住んでいた。ユウォンが小学生のころから住んでいる、赤れんがでしっかり建てられた小ぶりな家だ。一時は、マンションに比べて価格が上がりもしないし、といってすぐに売れもしないので悩みの種だったが、しばらく前から状況が変わった。敷地面積そのものはけっこう広いため、建て替えて高層化される可能性が高いのだという。そうなったら、自分では一ウォンも分担しなくても、いながらにして数億ウォンの儲けになるのだそうだ。一家一軒を何とか守って暮らしてきて、悪い結末にはならなかったみたいねえ、という姑の言葉をジンは適当に聞き流してきたのだが、ユウォンはそうではなかったらしい。

住民登録証、持ってる？

ユウォンが何気なく確認した。

財布にあるはずだけど。何で？

今日、はんこ押すかもしれないだろ。俺のはんこは持ってきた。

え、ほんとに買うの？

ほかに手がないじゃないか。

そうなったのは誰のせい？

誰のせいって何？　俺ってこと？

じゃあ違うの？

あいつだよ。

誰？

大家。うちの。

ジンはどっと拍子抜けした。

お金あるの？

百パーセント現金で家買う人はいないよ。銀行に勤めてるヨンチョル、知ってるだろ。住宅担保ローンのことあいつに聞いてみたら、ちゃんとやってくれるって。チョンセ用のローンの金利とそんなに違わないらしいよ。

どうしても買うの？

ジン、今じゃなきゃもうチャンスはないと思うんだ。俺、この五年間の実勢取引価格を分析してみたんだけどね。今、ほんとに、とんでもない低価格なんだよ。

これからもずっと下がりつづけるって意味でしょ。

違うよ、あそこだけそうなんだ。先月に取引された隣の棟はそうじゃなかったんだよ。これ、本当にたたき売りだよ。もう、落ちてるお金を拾うのとほとんど同じなんだってば。

何でそんなに都合よくあたしたちの目の前にお金が落ちてんのよ？　そんな間抜けなお金ってある？

じゃあ君はどうしたいの？　またチョンセ？　月払いで住むの？　二年後にまた出ていけって言われたらどうすんだよ？　一生、荷物を運び出したりまた入れたりして、死ぬまで二年おきにそんなことをくり返して生きてくのか？

ユウォンがぶちまけたクエスチョンマークはジンの胸のまん中に突き刺さった。ユウォンはスピードを上げた。車が高速道路を百二十キロで走っている間ずっと、夫婦は沈黙を守った。会話がなくても、音楽がなくても、ラジオの音がなくても愛がなくても、世の中のすべての音と光が消えた場所にいても違和感のない関係なのだった。

もうすぐK市へのインターチェンジだった。

一七〇三号室の大家はもう不動産屋に到着していた。先方も夫婦で来ている。四十代半ばにはなっていそうだった。夫婦揃っておとなしく素朴な印象で、ちょっとないほど口数が少ない。琴室長が、こうやって一緒におられる様子を見ると四人とも印象が似ていると言い、これもただのご縁ではないと軽口をたたいた。誰も笑わなかった。ほかのスタッフが、あらかじめ印刷されていた契約書をテーブルの上に置いた。

売買契約書を見るのは初めてだった。売買価格と、売主と買主の名前の欄はまだ空欄だった。ジンははっと気を取り直した。どうすればいいのかわからない。ユウォンも違いはないように見える。彼は指で鼻の頭を撫でていた。彼は嫌気がさしたときには生あくびをし、性的に興奮したときは足の間隔を意識的に狭めて椅子に深く座り直し、どうしたらいいかわからないときには鼻をいじるのだった。

若い旦那様と奥様がおいでになる前に、大家さんご夫妻とお話ししていたんですけどね。

琴室長が切り出した。

もしも今日、契約されるんでしたら、小さい方で三つ、値引きして差し上げたいということなんですよ。

あ、え、……なぜでしょう？

こんな、お天気もいいお休みの日に、若いお二人にわざわざいらしていただいて、ということでねえ。

琴室長がまくしたてている間、大家夫婦は目を伏せて何も言わなかった。

共同名義になさいますでしょ？

そ、そうするつもりですが？

琴室長に聞かれて、ユウォンはそう返事した。住民登録証四枚とはんこ四個がぞろぞろと並んだ。不動産屋のスタッフが新たに、売買価格と売主、買主の名前が入った新しい契約書を印刷して持ってきた。ジンの名前はユウォンの名前の下に入っている。これでもう、離婚でもしようとしたらいっそう面倒なことになるのだと、不意にジンは思った。家を買うとは、もう一ランク頑丈な紐で人生に縛りつけられるという意味なのだ。不動産とは、神か政府か、とにかく絶対権力が人間を手なずけるために考案した効果的な装置であることがはっきりわかった。もう引き返せない進路（トラック）に入ってしまったのだとジンは実感した。結婚式場に入ったときよりはるかに鮮明な実感だった。

仮契約金は百万ウォンとさせていただきますね。

ユウォンが突然、堂々とした様子で宣言した。横に座っているこの男と、足を一本ずつ縛り合わせてよろよろ歩いていかなくてはならないのだ。琴室長が大家の男性の方を見つめた。男性は深くうなずいた。彼が紙に口座番号を書き入れてユウォンに差し出す。一文字一文字ぎゅっぎゅっと押しつけて書いた文字だった。スマートフォンの銀行アプリを使い、生まれて初めて会った人の口座に金を振り込む夫のそばで、ジンはじっとしていた。やがてどこからかディンドンというメールが届く音がした。大家夫婦が自分の電話を確認した。

はい、入金されました。

男性がゆっくり言った。

お札一枚もなしで空中から空中へとお金が移動することが、改めて驚異的に思われる。三日以内に契約金の十パーセントを同じ口座に入金すればよく、いずれにせよこちらの若い旦那様の方では、今住んでいる家の保証金を返してもらってから契約することになるはずだから、中途金などはなしにして、残金だけで進めましょうと琴室長が要領よく交通整理した。大家夫婦は身分証とはんこをしまうとあわただしく立ち上がった。別れる前に女性の方が、ありがとうございますと言った。声がかすれていた。

ずっと賃貸に出していたので、きれいではありませんが。

男性が言った。

老後に自分たちで住もうかと思っていた家なんですけどね……

男の「……」の中には悔恨、躊躇、やるせなさといった感情が混在しているようだった。ジンはうっすらと戦慄した。

何であの人たちが、何かを奪われた人みたいに見えるのか？

新居でお幸せにという言葉を残して彼らはあわただしく消えた。空の紙コップが二つと契約書一枚、略式の入金領収証だけがテーブルの上に残された。とまどいも消えぬまま隣を見ると、ユウォンが手のひらで契約書を撫でていた。

幸せに暮らそうな。

不動産屋を出るときにユウォンが言った。

そうだね、そうしよう。

ジンが答えた。

引っ越し先を見つけたと知らせるや否や、今の家の大家が保証金の十パーセントを送金してきた。借り主が新居の契約金を支払う際の便宜を考慮して、そのようにするのが一種の慣例なのだという。それでもさよならのマナーはわきまえてるんだな、とユウォンが小声で言った。猛烈だった敵意は消えたらしい。ローンの手続きは銀行員であるユウォンの友人を通して進めることにした。ユウォンは三十年分割払いを主張したが、ジンは現在の年齢に三十を足してみて、二十年払いに変えようと言った。ユウォンはどういうわけか、おとなしく彼女の意見に従った。その利子と毎月返す元金を合わせた金額はとんでもない数字だった。ジンの基本給の三分の二に迫る金額だった。稼ぎ手が一人の家庭では不可能だった。永遠に不可能だろう。

引っ越し前に壁紙貼りの手配をしなくちゃと思い、琴室長に電話をした。着信音が鳴っているとき、一七〇三号室の固く閉まったドアを思い出した。インテリア業者と一緒に行くから入居者の人にそう頼んでおいてくれとジンが言うと、琴室長はひとまず、わかりましたと言った。

でもね奥様、あのお宅、ものすごく忙しくて、もしかすると伝言がちゃんと伝わらないかもしれないんですよ。

異様な不安感が背筋を伝ってぞわぞわと上ってきた。

入居者の方は一日前に出るんでしょう？

はい、間違いなくお出になります。

どういう方なんですか？

ジンは初めてそれを尋ねた。受話器の向こうに、予想できなかった沈黙が短く流れた。

あー、いい方たちですよ。ご心配なく。

引っ越し前日のスケジュールは、ふだんの日と変わらなかった。起きられないシウを無理やり起こし、目玉焼きを載せて混ぜたごはんを二さじぐらい口に突っ込むと同時に服を着せ、靴下をはかせた。子どもと手をつないでよろよろと坂を下りていくと き、これももう今日で最後だという思いがかすめた。子どもを無事に保育所へ送り届けると、バス停でバスを待った。いかなる衝動が彼女を、新居の方へ向かうバスに乗らせたのか。会社の方へ行くバスよりそっちが先に来たからだけではなかった。マンションの棟の入り口がざわついていた。駐車場には、クレーン車が一台とダンプ二台が停まってた。引っ越し業者の車には見えない。クレーンが当たっている窓は目測で見て、十七階のようだった。クレーン車が積みおろしているのは家具や引っ越し荷物ではなく、ゴミの山だった。ジンはマンションの中へ駆け込んだ。エレベーターは十七階からいっこうに降りてきそうにない。彼女は非常階段を歩いて上った。息を切らせて十七階に到着するまで、エレベーターは十七階に停まったままだった。すっかり開いたエレベーターの中をぎっしり埋めていたのはやはり、各種のゴミだった。一七〇三号室のドアもすっかり開け放たれている。ジンはよろよろとその中へ足を踏み入れた。初めて嗅ぐような悪臭がまず鼻を突いた。入り口からもうゴミの山が、なだれ落ちるのではとひやひやするほど積まれている。靴を脱ぐどころではなかった。どこが靴箱でどこが靴を脱ぐ場所か、区別することに意味がない。まだかたづけられていないゴミが、いくつもの山をなしている。室内は巨大なゴミ捨て場だった。人が住める場所ではない。際限なくあふれ出るゴミを、ジンは口をあんぐり開けて見ていた。

群青色の制服を着た初老の警備員が後から入ってきた。彼があわてて鼻をふさぐのを、ジンはめんくらって見ていた。ここの親戚かと、警備員が尋ねた。ジンは思わず首を横に振った。

私、私はここに引っ越してくる者なんです。

あ。

警備員は小さくため息をついた。

どうなってるんでしょう、ここ。何かあったんですか？

ジンは警備員にすがるように聞いた。

ああ、知らずに契約されたんですね。

警備員がチッと舌打ちをすると、声をひそめた。

えーと、ここの奥さんが、亡くなり方が、よくなくてですね。

はい？

二年ぐらいになるかな。ここに住んでいた奥さんが首を吊ってですね。トイレで。その後、旦那さんが昼間はじーっとしてて、夜になると這い出してきちゃ、町じゅうの捨てられたものを一個、また一個とかついで持ってきて……ほんとにもう……こんなに荷物が……

ジンは必死で、鼻ではなく耳をふさがなくてはと考えた。そのときゴミの山の中から一人の男が歩いて出てきた。ぼろをまとい、幽霊のようにやせ細った男だった。ジンは体をよけて彼が通れるように道をあけてやった。彼が目礼をした。瞳孔がすっかり開ききっている。あたりは静まり返っていた。何も変わりはしない。今日が過ぎて明日が来れば銀行は貸付金を振り込んでくるだろうし、彼らは不動産登記を終えるだろう。ゴミの山はきれいに消え、彼らはここで生きていくだろう。ジンはぐっと息を止めて、床の上に片足を載せた。

アンナ

長い静かな廊下に何人もの女たちが、そんなふうに十メートルずつ間隔を置いて立っていた。ぱりぱりに糊のきいた黄緑色のエプロンを首からかけて、お互いの後頭部を見ながら黙々と立っている女たち。その中に知った顔がいるとは思いもしなかった。それは、キョンの想像の範囲を超えていた。

女……女……女……女……

＊

キョンは自分が、誰かの人生をよく知っていると自負するほど傲慢な人間ではないと思っていた。キョンは主婦だった。博士号を持っており、いくつかの地方大学でしばらく講義を受け持ったこともあるが、すべて昔のことだ。結婚したのは三十一歳の春だった。夫は三歳年上の家庭医学専門医だったが、今は美容クリニックを経営している。夫とのなれそめを知りたがる人たちに対して彼女は、踊ってて知り合ったのよと言うのが好きだった。そう言うとほとんどの人は、え？　と聞き返すか、興味津々の表情を浮かべる。そのたびにキョンは、自分もけっこうユニークな人生を送っているという気分になるのだった。もちろん、ユニークとはどういう意味かと聞かれたら簡単には説明できない。だが、独特という韓国語とは明らかに違う感じ、とは言える。実は、キョンと彼女の夫がラテンダンス同好会を通して出会ったことは事実だが、踊っていて出会ったわけではない。彼らは一緒にダンスをしたこともない。キョンは今まで夫が踊る姿を見たことがなかったし、夫の方も同じだった。

三十歳になったときキョンは、四面楚歌に陥ったと感じた。学位論文はもう一学期かけて書き直すことになり、つきあっていた男とは別れた。逃げるように東欧へ旅に出たが、何も変わらなかった。風景はきれいで、しかしそれほどまでに美しくはなかった。窓の外を流れていくドナウ川を眺めているときも、キョンは三十歳という数字のことばかり考えていた。帰国して、当分の間、自分が誰なのか探る時間を持ちたいと宣言すると両親は怒った。彼らはそれを、当分の間結婚はしないという意味に受け取ったらしい。父親は、今みたいに未来に向けて手をこまねいているならただちに経済的支援を打ち切る、と脅しにかかった。キョンは取り合わなかった。

暇つぶしに加入したインターネットのラテンダンス同好会の掲示板を読んでいて、

毎週末の夜、新沙洞(シンサドン)のサルサ専門クラブでダンスの講習会が開かれることを知った。ふだんからよく通る道にそのクラブはあった。特に予定のなかった土曜日の夜、キョンは衝動的にクラブへ行き、ラテンダンスの魅力に目覚めた。いや、キョンが魅了されたのはダンスではなく、ダンス同好会だったというべきだ。そこはあまり規模の大きくない同好会で、新規加入者は参加時期別に分かれて講習を受けるプログラムが体系化されていた。会員の多くは彼女と同年代だった。

彼らは、これまでのキョンが知っていた友人たちとは違っていた。彼らは度を越さない範囲で互いに親切な態度で接していた。初めて会う人たちともすぐに腹を割って話し、助け合い、ジョークと友情をやりとりしていた。知っているのは名前と年齢だけという人どうしでである。キョンが育ってきた世界では、それは相手について何も知らないのと同じだった。キョンは驚き、その驚きはすぐに感動につながった。名前と年齢ぐらいをオープンにしておけば、それ以上私生活を公開する必要がないという点もよかった。隠すほどの秘密のある私生活じゃない、というのとはまた別の問題だ。

キョンは三十七期に編入され、本格的な練習を始めた。何か月か後には発表会が予定されていた。三十七期の女性と男性はそれぞれ十五名ずつだった。彼らは毎週水曜日と土曜日の夜遅くまで踊り、練習が終わるとさらに遅くまで打ち上げをやった。汗びっしょりになって冷たいビールを一杯飲み干す気分は形容しがたい。以前は知らなかった世界のドアを開けて、一歩足を踏み入れた感じだった。肉体の解放感とはこういうものかもしれないとキョンはひそかに思った。大人になって以来、新しく知り合った人たちと一週間に二度も自発的に会うなんてそうそうあることではない。キョンがダンス同好会の同期たちに格別の親しみを抱くようになるまで、さほど長い時間はかからなかった。

同期である十五名の男性はみんな、二十代の彼女だったら恋愛対象として念頭にも置かなかっただろうタイプだった。彼らは善良で優しい人たちだったが、キョンとは合わなかった。はいている靴からして、そうだった。ダンスシューズを脱いではきかえた彼ら自身の靴はとても平凡か、またはやりすぎか、野暮だった。いい友人としてつきあうことはできても、恋人になるのはちょっと話が別だ。だが、キョンは変わったのだし、それは平凡だったりやりすぎだったり野暮な靴の裏側を見ようと努力することを意味した。

十五名のうち、客観的に見て外見も性格もいちばんいいと評判の男性の名前はデビだった。デビはランドローバーのローファーをはいていたが、服の着こなしはうまく、住まいがキョンの家と近かった。ほかの年下の男性たちがことあるごとにキョンを「姉さん」と呼ぶのにくらべ、デビはキョンを「キョンさん」と呼んだ。異性として関心のない女性の名前をわざわざ呼んだりはしないだろう。

キョンはデヒについてじっくり考えてみた。彼がハリウッドの有名な俳優に似ているというほかの女性同期たちの評価には同意できなかったが、彼のある点は自分の趣味と重なっているともいえた。デヒとルンバを踊りながら、もしも彼にプロポーズされたらどうするか真剣に考えてみた。ルンバは、パートナーどうしが向かい合い、片腕を相手の背中に回し、もう片方の腕を横に伸ばして手を握り合った姿勢で始まる。女性が腕を動かすときに男性が反対側の腕を動かすのが動作の基本だ。お互いがお互いの鏡になってやるのだ。彼はしっかりと重心を決めて、女性が楽に動けるようにしてくれるという面で魅力的なパートナーだった。キョンの葛藤は深まった。平和に動いていた集まりが異性関係のためにこじれてあっさり壊れてしまうケースを、どれだけたくさん目撃してきたことか！

デヒからキョンへの告白はなされなかった。間もなく、デヒが女性同期十五名の中の一人に告白して振られたという噂が、霧雨のように広がった。デヒを拒絶した女性がアンナだった。そういえば、デヒがちょっと離れたところからアンナを見つめるまなざしは、悲恋に青ざめているようでもあった。アンナ。ジョ・アンナという名前はちょっと忘れられない名前だ。アンナは三十七期の中で最年少メンバーだった。そのときアンナの年は二十一歳または二十二歳だっただろう。初めて一人ずつ自己紹介をした日、アンナが何年生まれかを言うと、一同からおおーという感嘆詞が起こったのをキョンは覚えていた。そのときアンナはにっこりと短く一度笑ってみせて席についた。すがすがしい微笑だった。

キョンは拍手をしたが、胸の奥では、何かがねじれた。どうしてあんな気持ちになったのかわからない。ただ、なぜだか、拍手される理由が年齢だけだなんて気の毒だなあと思ったような気がする。客観的に見てアンナはすごく美人とはいえない外見だった。ひどくやせており、肌の質もよくなかったし、髪の毛もバサバサだった。そんなアンナがフロアに立つと俄然、別人のようになり、際立って目についた。身長は普通だったが手足がとりわけ長く、ダンス初心者だとは信じられないほど柔軟にリズムに乗っていた。ダンスを習っていれば、それがどんなに恵まれたことかすぐにわかる。音楽のリズムはリズムで、ダンサーの体は体でそれぞれに流れていく。流れて、ほどけて、また一緒になり、また流れる。その流れに自然に乗るために普通の人は練習を重ねるのだ。最初からうまく踊れる人はいないと、初講習のとき講師も言っていた。もちろん、非常に稀ですが例外はあります。生まれつきうまい人。生まれ持ったものには誰も勝てません。

キョンはその意見に全面的に同意するしかなかった。少しでもアンナのダンスを見た人なら誰でもその意味を理解するだろう。最初のころ、アンナはよく遅刻した。練習がかなり進んだころにそっとドアが開き、四角い布のバッグを斜めがけにしたアンナがそっと入ってくるのだった。仕事がしょっちゅう長引くのだと言っていた。仕事をしていることをそのとき初めて知った。年齢からして学生ではないかと思っていたのだが、キョンは深い関心は持たなかった。一か月ほど経つとアンナが急に、時間通りに来るようになった。

最近は会社が早く終わるみたいですね。

トイレで前後になったとき、黙ったまま順番を待っているのが気まずくて、尋ねてみた。

あ、お姉さん。私、職場を変わったんです。

アンナがさっぱりした声で答えた。

練習に遅れたくなくて。

キョンはそれを当然、冗談だと思っていた。趣味の活動の時間に合わせるために転職する人が、世の中のどこにいるというのか。アンナは水曜日の打ち上げには参加しなかった。練習が終わるとすぐに、稲妻のようにぱぱっと服を着替えてすぐにいなくなるのだ。水曜日の夜には仕事に行かなくてはならないと言っていた。平日の夜十時に始まる仕事とは何なのか知りたくはあったが、そんな様子は表には出さなかった。土曜日は打ち上げに来ることもあったが、ビールをきっかり一杯だけ飲んですぐに帰っていくことがほとんどだった。いつも態度は同じだった。ほかの人たちの話をじっとよく聞き、よほどのことがない限り自分からは誰にも声をかけないが、誰かが質問すれば気さくにはきはき答える。意味もなく大げさに笑ったり、妙に無関心な態度で座を白けさせたりもしなかった。アンナは正確にアンナだけの重みを持ってその場に存在していた。デヒにまつわる噂などまったく気にしていない様子だった。いや、彼女は自分を取り巻くあらゆる好意や悪意に左右されない人のように見えた。だからこそアンナはとても忙しかった。たぶんそうだったのだろう。あのころのアンナは。

ある雨の降る土曜日の夜、遅くまで続いたビアホールでの飲み会に、なぜかアンナも残っていた。みんながある程度酔って雰囲気もほぐれてきたころ、横のテーブルからデヒの低い声が聞こえてきた。

忙しそうですね、まだ。

キョンは耳をそばだてた。

はい、食べていくためですから。

アンナはいつものようにさらっと答えた。見れば、そのテーブルにいるのはアンナとデヒだけだった。デヒはふだんよりちょっと酔っているようだった。しばしの沈黙が流れた。

……どうして、すぐそんなふうに言うの？

デヒが突然ぞんざいな言葉で言った。アンナが黙って目を伏せる様子を、キョンは横目で盗み見た。デビが、座った姿勢のままでお尻をじりじりと動かしてアンナの隣に近づいた。アンナは逃げずにそのまま座っていた。キョンは思わず息をひそめた。テーブルの下でデビの手がアンナの膝に置かれているのだろうか？　デビのふくらはぎとアンナのふくらはぎがからみあっているのだろうか？　彼らはもっと遠くまで行くのだろうか？　どこまで？　いわばその夜、キョンは他人の小さな、美しい、不確実な歴史を目撃したというわけだった。本意ではなかった。そんなはずがあるだろうか。デビとアンナが立ち上がった。それぞれのコートを腕にかけて、彼らはそっと、一緒に消えた。彼らが出ていった後、ビヤホールの中は空気が抜けた風船のようにぼんやりとへこんだ。

アンナとデビが本格的につきあっていたのか、どうなのか、キョンも知らなかった。同好会の事情通たちに何気なく聞いてみることもできたが、それはしなかった。デビはそれからしばらくして集まりに出てこなくなった。アンナはきちんきちんと出席していた。長い髪の毛をぎゅっと束ねてアップにし、汗をぽたぽた落としながら情熱的に踊り、練習が終わると誰よりも元気よく、お疲れ様でした！　と叫んだ。そして大急ぎで服を着替えて仕事に行った。アンナはもう土曜日の打ち上げにも参加しなかった。人がたくさん集まればどこでも心ない噂は流れる。善良で楽しい人たちの集まりも例外ではない。アンナが毎晩アルバイトに行っているのは男たちの相手をするガールズバーで、デビがそのことを受け入れられなくて苦しんでいるという話が出回った。キョンは半ば信じ、半ば信じなかった。

キョンにも間もなく恋人ができた。十五名の同期の一人についていった酒の席で偶然出会った男性だった。今はキョンの夫となったその男性は、キョンに会って一目惚れしたと言い、情熱的に求愛した。彼が頑なに反対したために発表会のステージに上がれなかったことは、キョンの心の奥底に返す返す心残りな思い出として残っている。彼は、恋に落ちたばかりの相手が一週間に二回も夜の時間を趣味の活動に費やすという事実を受け入れられなかった。どんな男でもそうだろうというのが、彼の主張だった。

考えてみろよ。しかも、チークダンスじゃないか。

キョンは彼の誤解に呆れてしまった。

とにかく、男と女が手を握り合って、つまり、一種のスキンシップを……

スキンシップだなんて。あの人は当時、本当に、何を想像したのだろう。長い時間が経った後でも、夫の愚にもつかない誤解を思い出すとキョンは噴き出してしまった。

怒ったならごめん。謝るよ。でも、頼むから僕の気持ちも一度考えてみて。

頼むから、というせりふが彼女の心を動かした。ごく小さなことで揺らぐのが人間というものだから。キョンは彼に言われた通り、彼がどんな気分か考えてみることにした。いい気分なわけはない、ぐらいのことはすぐにわかる。自分が踊りに行く二晩という空白の時間について、別の観点から眺めてもみた。その二晩の間、恋人は何もすることがないはずで、寂しいはずで、虚しく携帯をいじっては、昔の彼女が送ってきたメッセージを見つけて思い出に浸ることもありえたし、まだ変わってないかと彼女の番号を押してみることもありうるはずだった。もしくは、キョンと最初に会った日がそうだったように、知らない飲み会に参加して、またほかの女性に一目惚れするかもしれなかった。

相手の不安を解消するための努力もしないでおいて、それを愛と呼べるだろうか？キョンはそれまで何度か恋愛をしてきて、男たちの属性をある程度はわかっていると信じていた。男たちは意外と、どうでもいいことに執着し、そんな自分自身に嫌気と幻滅を感じた瞬間に去っていったりすることがよくあるのだった。デヒとアンナの決定が彼らなりの決定だったとしたら、キョンの決定もキョンなりの決定だった。キョンはもう、テンダンス同好会の発表会の練習に参加しなかった。

＊

八年ぶりにキョンとアンナが遭遇した場所は、ある英語幼稚園の講堂だった。そこに入園するためにキョンと子どもは一年の準備期間を持った。在米韓国人の家庭教師を週に三回招いて、リーディングとライティングの試験に備えた。子どもは入園テストを受けに行く何日か前から鼻をぐすぐすいわせていた。透明だった洟水が黄色く変わり、微熱も下がらなかった。キョンは風邪薬を飲ませないことにした。風邪薬の抗ヒスタミン成分が脳の覚醒作用を妨げて眠気を誘発することは、広く知られている事実だ。テストをちゃんと終えた後で小児科に駆け込んでも遅くないだろう。

三十歳から三十八歳になるまでにキョンは、最も重要なことは何なのかにより迅速に気づき、実行に移せる人間になったと自覚していた。さもないと面倒な後始末がいっぱい発生し、それは全部自分の仕事になることがわかっていたからだ。希望していた英語幼稚園の合格通知を受け取った日、キョンは躍り上がって喜んだ。すぐに夫に電話したが、話はできなかった。看護助手が、院長先生は施術中ですから電話に出られませんと伝えてきた。

夫のクリニックで最近、最も重点を置いているのはレーザー脱毛だった。レーザー脱毛とは正確にどんなプロセスを経て行われるものなのか、キョンは知らない。たぶん、希望する部位に繁茂した毛を先に剃った後、麻酔クリームを塗ってレーザーを当てるのだろう。知らない女に腕を上げさせて、湿った腋の下の黒い毛を一本ずつ抜いている夫の姿を思い浮かべることもあったが、そのたびにキョンはあわてて想像を中断するのだった。

わが国に英語幼稚園という公式名称は存在しない。キョンの子どもが通うことになった幼稚園は、厳密に言えば英語学校の幼児部だった。そこの唯一の言語は英語である。すでに知っていたことだが、アイビーリーグ出身だという男性園長は保護者オリエンテーションでそのことを改めて自慢した。すべての教師はもちろん、構内の食堂の栄養士や案内カウンターの女性職員、園長の秘書も原則的に英語だけを使用するという。子どもたちには三回までチャンスが与えられていた。教室や廊下、トイレ、体育館など園内の空間で韓国語を話して見つかった子どもにはまず警告措置が取られ、二回続いたら反省文を何枚も提出しなくてはならない。三回めは退園だ。例外はないということだった。園長は、退園という代わりにアウトという表現を用いた。実際、一昨年と去年、それぞれ二人の子がその理由でアウトになったとつけ加えた。心が痛んだそうだ。園長は英語で早口で話し、横に立っている副園長が要約して韓国語に通訳した。

もちろん、子どもたちが過ちを犯したわけではありません。もっぱら、私たちの教育方針に合わなかっただけのことです。

キョンの耳には英語はもちろん、韓国語の意味さえちゃんと伝わってこなかった。ものすごく暑かったからだ。暖房の入った講堂の室内温度は三十度はありそうだったが、キョンはよりによってミンクのコートを着ていた。膝までの丈のシルバーグレーの毛皮のコートは、結婚するときに婚家からの贈り物を一つももらえなかった娘のために、実家の母が買ってくれたものだった。新しい幼稚園のほかの母子たちと初めて対面する場である。冬ほど衣服によって露骨に階級が見える季節はないだろうが、そのコートは、彼女のクローゼットの中でいちばん高価だという理由で選ばれた。

幼稚園の講堂のドアを開けてキョンは初めて、自分の判断が間違っていたことに気づいた。そこには毛皮を着ている女性は一人もいなかった。キョンは体を包んでいるそのばかでかいコートは、もはやすっかり古くさいものになっていると認めざるをえなかった。キョンは肩をすぼめた。空席を探し、いちばん前の列のまん中にようやく入り込んで座った。すぐに行事が始まった。コートを脱ぐタイミングを逃したキョンは、一時間ずっと身動きもせずにそこに座っていなくてはならなかった。

オリエンテーションは真剣な雰囲気の中で進行した。各教科の説明が一つずつ続いていった。必修教材の説明も続いた。教務部長がマイクを握って、園児たちは卒業するころにはアメリカの小学校の四、五年生レベルの文章は楽に読めるようになると請け合った。保護者たちは押し黙っていたが、それは教務部長が提示した目標が素朴すぎるための反応のようでもあった。教師紹介の時間になった。教師たちの名前が順に呼ばれた。最初にネイティブの担任たちが一人ずつステージの前に出た。全員がアングロサクソンである。ネイティブ教師は全員北米出身で英語教育関連の学位を持っている、というのがこの幼稚園の掲げている自慢の種の一つだった。彼らが短く自己紹介をした。続いてバイリンガル教師と呼ばれる正規教員の副担任が一人ずつ紹介された。三十歳前後の若い女性たちで、全員が在米韓国人だ。彼女らも英語であいさつした。

その次が補助教師の番だった。ユニフォームらしきお揃いの白いポロシャツを着て、黄緑色のエプロンをつけた補助教師たちがいっせいにステージに上がる。十人ほどいただろうか。やはりみんな若い女性だった。ネイティブ教師とバイリンガルの韓国人教師を揃えるというシステムは、どの英語幼稚園でも似たりよったりだ。園によっては、子どもたちのケアだけを担当する補助教師体制を同時に備えていることもある。一般的に補助教師は、子どもを通園バスに乗せたり、トイレに連れていって手を洗わせたり、食事を手伝う役割を担当する。

私どもはよそとは違います。

入園面談のとき、園長はそう言った。

教室内に授業内容と関係ない不要な人がいると、子どもたちの集中力が乱れることがありますよね。

キョンはつられてうなずいた。

そのため私どもでは、補助教師たちは廊下で待機することにしています。一日じゅうですかと聞くと、当然ですと言う。補助教師が子どもたちに先に声をかけることはないので、安心していいと言い添えるのだったが、何を安心しろと言っているのかわからない。その日、面談を終えて出てきて、ちょっと離れたところから補助教師たちを見た。長い静かな廊下に彼らは点々と、静物のように立っていた。両手を前で合わせた姿勢で、肩を落としたりだらしなく片足に重心をかけたり、地球の重力で揺れたりすることもなく。

補助教師たちが一列に並んでゆっくりとステージの下に降りていった。その中で前から三番めの女性の横顔に見覚えがあった。キョンは目を細めてそちらを注視した。髪をショートカットにし、化粧が少し濃くなっていたが、彼女だった。アンナだった。

どの英語幼稚園もそうであるように、そこでも園児はみんな英語の名前で呼ばれた。キョンは子どもの名前をジェイミーと決めた。ジェイミーのクラスには全部で十二名の子どもがおり、カナダ人の担任と在米韓国人の副担任、そして韓国人の補助教師アンナが配属されていた。アンナとキョンは入園式の日、同じクラスの保護者と補助教師という立場で正式にあいさつを交わした。アンナもやはりキョンに気づいて驚いた様子だった。同じクラスの母親たちに囲まれていたため韓国語で話せなかったので、お互いに知らんぷりをするしかなかった。

いつの間にか、教室の前の掲示板に担任と副担任の名前と子どもたちの写真が貼り出されていた。アンナの名前と写真はなかった。子どもの写真の下にはジェイミーと名前が書いてある。写真の中の子どもは硬直しているように見えた。ふだんからこの子は不慣れな環境への適応力がある方ではなかったが、キョンはそれを内心、芸術的感覚を持って生まれた者特有の繊細さと理解していた。時間が経てば改善されるだろうという希望混じりの願いとは異なり、子どもは新しい幼稚園に容易に心を開かなかった。その兆候は緘黙症（かんもくしょう）という形で現れた。子どもの連絡帳には、知能や聴力に問題はないがしゃべらない、と英語の筆記体で書かれていた。

韓国人の副担任は電話で、あまり心配せずにもう少し見守りましょうと言った。頻繁とはいえないが、こういう子はときどきいるというのである。頻繁ではないという言葉が胸に刺さった。それは珍しいという意味の婉曲表現であり、つまるところ、とても危険なことになりうるというサインだった。家でのわが子はふだんと大きな違いはなかった。レゴやマグフォーマーを組み立てながら一人で過ごす時間が多く、マンガを見ながら合間合間に笑うこともあった。幼稚園のことを聞くと口を固く閉ざした。

キョンは同じクラスのママたちのブランチの集まりに参加した。気乗りはしなかったが、自分がいないところでもしやジェイミーが俎上（そじょう）に載せられたらと思えば、行くしかない。授業が思ったより低いレベルに合わせて進行するので不満だとか、外部から来る芸術・体育系講師の英語の実力が水準以下だとか、お昼の給食の献立にソーセージやハム類が多いみたいで心配だといった話がとりとめなくかわされた。男の子たちでホッケーかサッカーのチームを、女の子たちで新体操のチームを作ろうという提案も出た。子どもたちの担任のカナダ人は去年、ねちねちしてるという噂の立った先生だが、実力はあるのでいい、でも副担任はよそから移ってきて間もないので実力が検証されていないため、憂慮されるという。

アンナの評判はおおむね悪くなかった。誰かが、うちの子のコートのボタンを一個ずつずらしてはめていたと不平を言った以外は。ほかのクラスの補助教師に比べて親切で、身軽に動いてくれるみたい。お昼ごはんのときは最後まで根気よくスプーンで「あーん」させて食べさせてくれるんだって。トイレでうんちしたら、必ず専用のティッシュできれいに拭いてくれるんだって、といった話が出た。アンナは相変わらず誠実なんだな。キョンはそう思った。

入園一か月めになってもジェイミーの状態は好転しなかった。幼稚園では依然として、一言も言葉を口にしないという。夜遅くまで眠らないし朝は揺り起こしても起きないが、登園しないという意思を直接表すことはなかった。朝八時半に家の前に着く通園バスにはしょっちゅう乗り遅れた。そのたびにキョンは、洗顔も歯磨きもできていない子どもを車の後部座席に乗せ、幼稚園目指して疾走しなくてはならなかった。子どもは車の中でも黙っていた。眠ったかなと思ってルームミラーで確かめてみると、目を開けたまま窓の外をじっと凝視している。キョンの心配はだんだんふくらんでいった。子どもの症状について誰にも打ち明けられずにいた。夫はすべてをキョンのせいにするだろう。実家の家族や近しい友人もまた、いくらかの無責任なアドバイスを投げてよこしはするだろうが、実質的な助けにはなるまい。いつかは小児精神科か、児童心理相談センターを訪ねることになるかもしれないと覚悟していたが、まだ早すぎる。キョンは何とかして決定的な時間を遅らせたかった。

幼稚園では、もう少し見守りましょうとくり返すばかりだった。担任が毎日書いてくれる英語のメッセージは、あるときから途絶えた。キョンはその苦衷を理解した。これといって書くことがないためなのだろう。副担任は三日に一度ぐらいずつ電話してきてジェイミーの状態を報告した。言うことがないのはそちらも同じである。あるとき電話を切る前に、授業中に韓国語を使って警告を受けた子がいるのはこのクラスだけであり、もう三人めだと教えてくれた。三人の名前までは言わなかったが、もしキョンが尋ねたら教えてくれそうだった。そのうち一人は二回めの警告だという。キョンは彼女の声から、あんたの息子はそうではないのだからむしろラッキーだと思え、というニュアンスを感じ取った。電話を切ってからキョンは、もしも先生がもう一度こんなことをしたら、教師が児童の個人情報を漏洩して我々の子どもを嘲弄したという抗議のメールを書いて園長に送ろうと心に誓った。

ある日、子どもを送っていって幼稚園に入ると、玄関の前の案内カウンターが空いていた。キョンは子どもの手を引いてエレベーターに乗った。もう授業のまっ最中だった。寂しい廊下に、補助教師たちが一人、二人、三人、四人と、背中をぴんと伸ばして直立していた。似たような体格でお揃いの服を着たその女性たちの中で、誰がアンナなのかすぐに見分けることは難しかった。アンナが先に子どもを見つけた。アンナが子どもに向かってにっこりと笑う。アンナにはいじけたところがなかった。子どもがキョンの手を離し、アンナの手をさっとつかんだ。アンナはキョンに向かって黙って目礼した。キョンもアンナにあいさつした。アンナが教室のドアを開けた。子どもはアンナについておとなしく中に入っていった。

補助教師の個人連絡先を知ることは困難だった。幼稚園に問い合わせたら不審に思うだろう。キョンは思案の末に、久々にメールフォルダを探してみた。ラテンダンス同好会三十七期生の緊急連絡網が入ったテキストファイルが出てきた。見覚えがあるようでもあり、ないようでもある名前が一列に整理されている。ジョ・アンナ。彼女の携帯番号もあった。もしやと思って番号を押してみると、呼び出し音が鳴った。すぐにアンナが電話に出た。何と言ったらいいかわからなかったのでキョンは、ジェイミーの母ですと名乗った。

あら、キョン姉さん！　こんにちは。

あのころもアンナは自分を「姉さん」と呼んでいただろうか。キョンは思い出せなかった。はっきりしているのは、彼女と自分が二人きりで過ごしたことはないということだけだ。当惑せずにはいられなかったが、姉さんという呼称が気に障ったのではない。お母さまと言われるよりずっとましだ。一度、外で会いたいというキョンの提案に、アンナはとまどっていた。自分も会いたいが、教師が保護者と私的に接触することは原則的に不可能だというのだった。

担任や副担任の先生たちは契約書の上で禁止されているそうです。別途、個人的に家庭教師をやってほしいと頼む保護者がいるものですから。でも私たちはどうなのか、よくわからないんですよ。契約書がないので。

もしかしてアンナは、遠回しに断りたいのだろうか？　自分はアンナを困らせているのだろうか？　そうかもしれない。キョンはあわてて、ほかに目的はないと言った。こんなふうに再会できたのは不思議なご縁だからコーヒーでも一杯ご一緒したい、とも言った。

それと、もう一つあるんです。正直に言えば、ジェイミーのことで。

キョンは口ごもりそうになったが、しっかりと言った。

状況は知ってるでしょう？　私、すごく心配で。このままだと自分の方が気が変になりそうで。

キョンは切羽詰まって話しつづけた。

ジェイミーのことを話したいんです。打ち明けられる人が、いないのよ。

キョンは、自分は正直すぎただろうかと心配になった。アンナはごく短い間、沈黙した。キョンは電話機を耳にぴったりくっつけて持った。電話の向こうからかすかなため息が聞こえてくるようでもあった。アンナはやがて、可能な時間を言った。以前と同じ、さっぱりした声だった。

幼稚園から遠く離れた喫茶店で、アンナは背中をまっすぐに伸ばして座ってキョンを待っていた。キョンは彼女に、以前と全然変わっていないと言った。ぱっと見にはそうだが、ちょっと気をつけて見ればそうではなかった。あれ以来アンナはさらにやせたようだったし、目のまわりが黒ずんでいた。アンナが微笑を浮かべるとき、にっこり、という表現はもう似合わなかった。アンナに昔あって今はないものは生気と呼ばれるものだと、キョンは気づいた。

大ざっぱに見積もってアンナはやっと三十歳を過ぎたぐらいの年齢だったろう。人生の何が彼女をこんなに大急ぎで疲れさせたのか、キョンは深く考えないことにした。

二人はまず、八年前の話をした。アンナはあのときの同好会の人たちと連絡は取っていないという。キョンもまた同じだ。発表会のステージに上がれなくて残念だった、発表会を見に行きたかったが、なぜか申し訳なくて行けなかったとキョンが言うと、アンナの顔が曇った。アンナはカップを両手で包むようにして持っていた。

あのときキョン姉さんが急に来なくなったから、気になってたんですよ。もしかして何かあったのかと思って。

違うんです。私が遅くまで練習するのを、彼が嫌がって。

何となく言い訳みたいに聞こえるとキョンは思った。そうだったんですね、と言うとアンナは話題を変えた。

ジェイミーはお家ではどうなんですか？

話は、するのよ。家では。

ああ、そうなんですね。よかったです。

しゃべれない子ではないんです、あの子は。二歳になる前からしゃべってたのよ。英才判別検査では上位〇・一パーセントという結果が出てね。

キョンの声が高くなった。

ええ、ええ、わかってます。そういう意味ではなくて。

アンナがキョンをなだめた。

ジェイミーが今、辛い時間を過ごしているだけだってこと、わかってます。昨日、お絵描きの授業が終わってもジェイミー一人が美術室から出てこなかったので、何してるのかなって入ってみたら、黒板に描いてあるお魚のまわりに一つずつ丸を描き入れてたんですよ。金魚鉢を作ってあげてたこと、私、知ってます。

アンナの真心のこもった声がカフェに響いて広がった。キョンの目から涙がこぼれた。アンナが彼女の方へ紙ナプキンを押しやってくれた。二人は、伸ばせば手の届く距離に座って、黙ってめいめいのお茶を飲んだ。しばらく時間が経ち、キョンはアンナとの距離が急に狭まったと感じた。その日アンナはキョンよりたくさん話した。アンナは何か月か前まで、自分が幼稚園で働くことになるとは思わなかったと打ち明けた。

幼稚園は、資格がなかったら絶対だめだと思ってたんです。二級保育教師の資格とか、そういうのが。

なのにどうして働くことになったの？

ええ、キョン姉さんだから正直にお話ししますけど、求人広告を見てただ来たんですよ。何年か前にキッズカフェでアルバイトしたことがあって、それがキャリアとして認められたみたいです。それと、ワーキングホリデーでオーストラリアに行って、英語はそのときちょっと習ったので。

アンナは落ち着いて話しつづけた。

そのときはもう、急ぎで仕事を探してたので応募したんですけど、まさか採用されるとは思ってませんでした。後で聞いたら、この系統の仕事って人の出入りが激しくて、人員の補充ものすごく早いんですって。

そうなんですか？　私、知らなかったわ。

ああ、お姉さん、どこかで話しちゃいけませんよ。

アンナがさわやかに笑った。りりしい笑顔だった。人を信じている笑いだった。ずっと前に彼女が持っていた表情が再び、にじみ出たようだった。キョンは家に帰る途中、子どもの幼稚園の名前と補助教師募集という文句をスマートフォンに入力して検索してみた。求人求職サイトのウェブページがヒットした。週五日勤務、時給七千ウォン、四大社会保険［国民年金、国民健康保険、雇用保険、産業災害補償保険］なし。アンナからメールが来た。お姉さん、ありがとうございました。またお目にかかりましょう。おいしいごはんもおごってくださって。また私の話も聞いてくださって。人間には人間が必要だ。恨むために、欲望するために、打ち明けるために。

その後もキョンとアンナは何度か会った。アンナと会う約束はキョンにとって、気が楽だった。ある意味で彼らの関係は公平だった。キョンはジェイミーの話をし、アンナはアンノの話をする。食事代とお茶代は毎回キョンが出した。彼女の方が年上だし、保護者という肩書きだからそれは自然なことだ。アンナと会うとき、キョンは服とバッグのコーディネートのために鏡の前でしばらく時間を費さなくてもよく、自分が提案した飲食店が流行遅れだったりおいしくないために相手ががっかりしないかと神経を遣わなくてもよかった。アンナはお店や食べものの好き嫌いを表に出さない人だった。テーブルベルを何度押しても気づかないふりをするカフェの店員とか、味の濃すぎるパスタソースを前にしても、いつでも大丈夫と言った。アンナ語録を作るとしたら一位は断然「大丈夫です」だろう。おばあさんが病気だったころの話を聞かせてくれたときも、大丈夫という表現を用いていた。アンナはおばあさんの手で育てられた。おばあさんは八年前、ラテンダンス同好会の発表会が終わるとすぐに倒れたという。

発表会のステージに絶対立ちたくて、一生けんめい練習したんですけど……でも夢がかなったから、大丈夫です。

二十二歳。アンナは仕事も趣味も全部辞めて看病だけに専念した。当時、あの同好会の全員が聞いて知っていたが、まさかアンナに直接確認することはできなかったあの噂、彼女のアルバイトに関する噂を思い出した。あれは本当だったのか、違うのか。おばあさんが末期ガンの判定を受けて亡くなるまでの間は十か月だった。葬式をすませて病院の費用を精算すると、アンナの通帳にはマイナス五百万ウォンという数字が残っていたという。

それでも最初、五百万は持ってたんですけど、次に住むところの保証金に一千万ウォンかかっちゃって。

でも、おばあさんと一緒に住んでいた家があったんじゃないの？

キョンの質問にアンナは、何でもなさそうな表情で涼しげに答えた。

あ、その家は処分したんです。どうせそこのチョンセは叔父さんたちの名義だから、保証金が戻ってきても、私はもらえないし。

でも、そんなのってないでしょう。一度そんなこと許したら、ずっと損してばっかりの人生になっちゃうわよ。

キョンは真顔で言った。

私は大丈夫です、お姉さん。しょせん全部、過ぎたことですし。

つまりそれは、キョンが結婚した年だった。同じ年にアンナはおばあさんを看取り、保証金一千万ウォンで一か月の家賃が五十万ウォンのワンルームに引っ越した。そして人材派遣会社を通して、ある大型デパートの駐車場案内員の仕事についた。そのアルバイトは一か月で辞めたという。

屋外駐車場の勤務だったんです。どうせならもっとやりたかったんですけど、花粉アレルギーが悪化して、病院代がもっとかかるようになってね。その年の春は花粉がすごく多かったんですよ。何十年かに一度だって言ってました。私、もともと、仕事運がほんとにないんです。

アンナの善良なまなざしと奇妙な対比をなす淡々とした口ぶりは、辛い状況を聞き手にユーモラスなものとして受け取らせる効果を発揮した。キョンは口では、あらまあ大変ねと言ったが、決して重いとだけはいえない気分でアンナの話を待ち受けた。彼女が話してくれる過去のできごとは、ときには八方破れの青春のエピソードを描いたウェブ漫画を見ているようだったし、もっといえば時事週刊誌によく出ている社会ルポを読んでいるような気分になった。アンナの話はひどくリアルで、そのためにキョンにはかえって非現実的に感じられた。おかげでキョンは自分の現実をしばし忘れることができた。十八歳以後、アンナは十種類以上の仕事をやってきて、十回以上引っ越しをした。男性とつきあったのは一度だけだったという。

まさか、私も知ってる人？

アンナが照れくさそうにうなずいた。

それじゃ、これまでずっとつきあってたってこと？

はい。

すごいわねえ。今も？

こんどは首を振った。

別れました。去年。

デビとアンナが最近までつきあっていたという事実はキョンには異常すぎ、呆然とするような衝撃だった。

辛かったでしょうね。

ええ、そうですね。一時は、足元がどーんと落ち込んだみたいでしたけど、今はもう大丈夫です。

キョンは、遅ればせながらアンナの失恋を慰めるためにビールをおごると提案した。二人は手作りのエールビールを飲み、アンナは自分の人生でいちばんおいしいビールだと言ってずっと感嘆していた。

四月も中旬のことだ。キョンはデパートでジェイミーの春の服をどっさり買った。どんなにきれいな色の服を着て登園しても、子どもは幼稚園で口を開きはしない。いつのまにかそのことを受け入れている自分を発見した。子どもは、口を閉ざしていること以外は全く問題がなかった。幼稚園では絵も描いたし、陶磁器も作った。状況は、よくなっているのか悪くなっているのかわからなかった。アンナはキョンに、自分がいっそう気をつけてジェイミーを見守ると約束した。キョンが特別に頼んだわけではない。アンナはジェイミーの辛さがわかると言った。アンナが「辛さ」と発音すると、なぜかキョンはびくっとした。キョンは、ありがたいけど大丈夫だと言った。そう言ってみると、アンナの十八番を真似したみたいになった。

いいんですよ。辛いときって、でこぼこの砂利道を裸足で、一人で、必死にもがいて歩いていくようなものだけど、誰かが手を差し伸べれば少しは楽に切り抜けられるでしょ。

キョンは、今も十分大丈夫だけど、あなたの気持ちはありがたくいただくわと言った。

お姉さん、ちょっと、お顔を楽にしてね。こんな時間も全部、過ぎていきますよ。

アンナがキョンを慰めた。キョンは、アンナが自分を哀れんでいるのを感じた。もしかしてジェイミーと自分には、憂鬱の暗い影がのしかかっているのだろうか？　アンナみたいな者にもすぐにわかってしまうくらいに？　覚えのない不安感が急に襲ってきた。ある日、たぶん先月のクレジットカードの請求書をめぐって夫と、互いの胸に刃を突きつけあうような言い争いをした翌日、アンナに会った。キョンは特に意味もなくぶつぶつとぼやいた。

アンナさんは結婚なんかしないでね。

え？

アンナが目を丸くした。キョンは気の向くまま、言い続けた。

永遠に自由に生きてちょうだい。その方がずっと楽だわ。責任もないし、新しく何でも始められるし。

どうですかねえ。正直、私はもう、年もずいぶん行ってますし。

アンナが彼女らしくもなく口ごもった。年をとったというアンナのため息は、事実に基づくものではなかった。キョンは彼女の間違いを訂正し、その自嘲混じりの言葉をいくらでも修正してやることができた。だが、そうしなかった。誰にでも、いつもより少し偽悪的に振る舞ってみたい瞬間はある。

アンナさんの目には、私がどう見えてますか？

キョンの突然の質問に、アンナはしばらくためらっていた。

えーと、幸せそうです。

そう見える？

はい。だいたい、そうですね。

そしてアンナは何かをじっくり考えているようだった。

必死になる必要がないでしょ。

ハハハ。私が？　とんでもない。

キョンは大げさに笑った。

私になってみなきゃ誰もわかりゃしないわ。どう？　私たち一度、立場を交換して生きてみましょうか？

お姉さんったら、もう。

アンナの頬がわずかに歪み、キョンはひやりとする感じを受けた。翌日からキョンは、子どもが新しく移る幼稚園を本格的に探しはじめた。英語の早期教育をあきらめるわけにはいかないので、授業中だけ英語を使い、それ以外の時間には韓国語を使ってもペナルティのないところを主に探してみた。相談の際には、資格を持った補助教師を採用しているかどうかを必ず確認した。アンナは日に一、二回ずつ、ジェイミーの生活ぶりを知らせるメールを送ってきた。

ジェイミーはじゃがいもが好きみたいですね。午後のおやつに出たマッシュポテトのサラダを一皿全部食べたので、私がどっさりお代わりしてあげました。担任の先生がベリ・グッ？　と聞いたらうなずいたんですよ！　偉いでしょ？ 😊

うなずいた子が偉いなら、「イエス、サンキュー」と返事するほかの子たちは偉大ということになるだろう。偉大な子どもたちの間で、偉いだけの子どもは笑い者になるだけだ。しかしキョンはすぐにありがとうと返信を送った。笑顔の絵文字やハートも忘れずにつけた。子どもが移る幼稚園は決まった。もしかしたら都合の悪いことも起こりうるので、今通っている幼稚園にはできるだけ後で言うのがよいだろうという、そこの園長の忠告に従うことにした。

宵のうちから子どもの体調がちょっと悪かった。何度か嘔吐し、水っぽい下痢も一度した。保護者たちのグループチャットルームがざわついた。ある子は下痢をもう四、五回もしたといい、ほかの子は胃液まで吐いたといい、また誰かは全身にぶつぶつと発疹が出たという。典型的な集団食中毒の症状に類似している。

ひょっとしたらですけど。子どものかばんからこんなものが出てきて。

ある保護者が写真をアップした。写真に写っていたのは、普通のヨーグルトのびんだった。続けてアップされたのは、びんのふたに印刷された賞味期限を拡大撮影した写真だった。一日前の日付が印刷されていた。

補助教師が一個ずつくれたっていうんだけど、うちの子はそのまま持ち帰ったんです。ふだんから、何でもやたらに食べるなってずいぶん教育してきたものですから。

誰も返事をしなかった。キョンもそうだった。子どもにそんなものを食べるよう奨励する親がどこにいるだろう。ほかの保護者が沈黙を破って言った。

うちもふだん、食べさせないんですけど、先生がくださったから断れなかったんでしょうね。

賞味期限を過ぎたヨーグルトがこの事態の主犯だということには異論の余地がないと思われた。キョンはさっき出た、補助教師という言葉にしきりに思いをめぐらせていた。チャットルームではそれと関連したいろいろな話がやりとりされた。月初めに配られる献立表にヨーグルトが出ていないこと、初めて入園相談をしたとき、外部からの食べものは絶対に持ち込まないと言っていたこと。

さっきもう一度子どもに聞いてみたら、今までも補助教師がときどきそんなものをくれたそうです。スーパーで売ってるお菓子とか、ゼリーなんかです。

あら、私、全然知らなかった。

自腹でですか？　どうして？

そうねえ。

会話に割り込むタイミングを逸したキョンは、子どもの方をちらっと見た。子どもはソファーに横になったまま、ディズニーチャンネルのアニメにすっかり夢中になっていた。チャットルームの話題は、幼稚園の衛生状態へと広がっていった。

補助教師が園内で着てるシャツ、ときどきは洗ってるんでしょうか？

エプロンがずいぶん汚らしいですよね。全般的に園内の衛生管理がなってませんよ。

食中毒なら放置してはおけないという点で意見が一致した。明日の朝、子どもたちの代わりに母親たちが幼稚園に集まることに決まった。

キョンは翌日、約束の時間の九時より十分ちょっと遅れて園長室の前に着いた。弁護士だが、今は育児のために仕事をしていないという女性が、園長に一項目ずつ問いただしているところだった。

有機農法の食材だけを提供すると何度もおっしゃいませんでしたか？

園長は、遺憾という表現を用いた。

公式的には当然、有機農法のものだけを使っています。お母さま方が今すぐ厨房に降りていって確認なさっても、何の問題もありません。

賞味期限も徹底して厳守しているという。ただし、あれは補助教師が個人的に持ち込んだ食品で、あらかじめ確認することができなかったので、管理監督の不足という点では責任を痛感していると園長は言った。ほかの女性が言いつのった。

でも、そうだったらもっと理解できません。補助教師がなぜ、わざわざ自分のお金を使って賞味期限切れの食べものを子どもたちに食べさせたんです？　何の意図で？

突然、一点の疑惑がキョンを襲った。アンナに何の意図もなかったと、誰が証明できるのか？　アンナ自身は？　ここにいる誰もまだ、その具体的な可能性を考慮していないという事実がキョンをさらに不安にさせた。園長と副園長が、女性たちを率いて廊下に出た。長い廊下には、黄緑色のエプロンをつけた補助教師たちが一列に並んで立っていた。廊下のいちばん端がアンナの位置だった。アンナのエプロンには大小のしみがついていた。ほかの補助教師のエプロンも似たりよったりで汚かった。園長がアンナの前で立ち止まった。アンナが一行に向かってあいさつした。キョンはいちばん後ろに立っていてよかったと思った。

子どもたちに昨日、何を食べさせたかと副園長が小声で聞いた。キョンは群れの外へそっと二歩ほど退いた。アンナの頬が赤く火照っていた。アンナがこんなにあわてている姿を見たことはない。すみません、すみませんと頭を下げていた。それがキョンが見たアンナの最後の姿だった。

子どもたちの集団腸炎は二日で全快した。子どもたち全員が幼稚園に登園した日、クラスの補助教師は新顔に変わっていた。新しく来た補助教師はアンナよりもっと若く、もっと太った体型の若い女性だった。アンナが着ていたポロシャツを洗濯してそのまま着ているのか、服がぴったり張りついている。キョンの子はすぐに幼稚園を移った。園長が、すでに納付した一学期分の学費は返還できないと言ったため、小さな騒動になった。キョンは、あんまり言いたくないが、子どもの父親の無二の親友の中に地上波テレビ局の報道局の幹部がいるし、自分のいとこには大型ローファームの弁護士がいると低い声で言った。園長は残りの学費を返してくれるときに、原則と規則に例外を設ける、という表現をくり返した。

アンナから連絡はなかった。一度くらいは子どもの安否を尋ねてきてもいいのにと思ったが、アンナはそれをしなかった。単なるミスでした、傷んだヨーグルトを子どもたちにわざわざ食べさせる理由がどこにあるでしょうかと言い訳をすることもなかった。もしもアンナから連絡が来たら、キョンは大丈夫だと言う準備ができていた。けれども、賞味期限の遵守はとても重要な生活習慣だから忘れないでと、また、次の職場は必ず四大社会保険に加入しているところを探しなさいとアドバイスしただろう。新しい幼稚園に行くとき、子どもの英語名をアレックスと変えた。夫は新しい幼稚園の学費が前に比べて一か月あたり三十万ウォン以上安いので喜んでいた。ジェイミーあらためアレックスは、この園には相対的によくなじんだ。授業中は相変わらず口を開かなかったが、休み時間には聞かれたことに韓国語で答えると言われた。それなら成功で、一件落着だ。それだけでもキョンは神に感謝した。失敗を通して成長するという言葉にすがらずに、どうやって生きていくというのか。

いくつかの季節が過ぎたある夜、子どもと並んでベッドに横になっていると、子どもがだしぬけに言った。

ママ、エナはどこにいるの？

ん？

エナが僕を守ってくれたんだよ。

だれ？

エナだよ、ママ。エナのことだよ。

そうだったの。エナね、アンナね。

アンナが英語でエナだという事実に初めて気づいたように、キョンは意味深長につぶやいた。アンナまたはエナ、エナまたはアンナ。今や彼女はキョンの人生から完全に消えたように見えた。誰かにありがとうって思うのは本当にいいことよと言いながら、キョンは子どもの顔を撫でた。壁についたハート型のベッドサイドライトを消すと、世界はぎゅっと閉ざされた闇に沈んでいった。

『優しい暴力の時代』作家のことば

三冊目の短編集を編んだ。

九年ぶりだ。

その中には短編を書けなかった時間が含まれている。

ほかのものを書いていても、短編を書けない間は不安で、どうしていいのかあてどない気持ちだった。

そこは通過した。今となっては。

ここに七篇の短編を集めた。

だからこの本は、通過してきたことに関する、私がどこかへ向かって動いていたことの小さな証拠だ。

同時代人の歩幅で歩きたいという気持ちだけは変わったことがない。

今は、親切な優しい表情で傷つけあう人々の時代であるらしい。礼儀正しく握手をするために手を握って離すと、手のひらが刃ですっと切られている。傷の形をじっと見ていると、誰もが自分の刃について考えるようになる。そんな時代を生きていく、私によく似た彼らを理解するために努力するしかない。書くしかない。小説で世界を学んだのだから、私の道具はただそれだけだ。

締め切りの時期には日常がめちゃくちゃになることがしばしばある。

この本の原稿に取り組んでいる間に、季節は劇的に変わった。明日は、後ろのドアが凹んで二か月めになる車を整備工場へ持っていき、洋服ダンスのあちこちに押し込んである半袖の服をきちんとたたんで奥にしまおう。会いたい人たちにあいさつのメッセージを送り、インターネット書店の買い物かごに入れてあるたくさんの本を決済しよう。

この先にまたどんなことが待っているか見当がつかなくとも、

息を一度ととのえて、

遠い道をまた歩いていく。

二〇一六年十月

チョン・イヒョン

三豊（サムプン）百貨店

一九九五年六月二十九日木曜日、午後五時五十五分、瑞草(ソチョ)区瑞草洞一六七五－三番地の三豊(サムプン)百貨店が崩壊した。一階部分が崩れ落ちるのにかかった時間は、一秒にすぎなかった。

その年の春、私は多くのものを持っていた。比較的温和な中道右派の父母、スーパーシングルサイズの清潔なベッド、モトローラの黄緑色のスケルトンタイプのポケベルとワードプロセッサ、そしてバッグ四個。週末の夜には証券会社の新入社員である彼氏と、そんな本が実際にあったかどうか定かではないが、『模範的男女交際のためのデートマニュアル』といった本に出てきそうなやり方でデートしていた。まじめで退屈なデートだった。努力さえすれば何にでもなれると信じていたので、当然ながら何にもなりたくなかった。一九九〇年代がまだやっと半分しか過ぎていないという事実に、ものすごくとまどっていた。本当に美しい一年だったね、と言えるだろうかと考えてみると、手当たり次第に電話をしまくって不動産投資の勧誘をするテレマーケッターと同じくらい無責任だという気がしてくる。そうだ、一九九五年はどこか特別な年だったのだと、そう記憶しておくことにしよう。

私が教育制度の枠の中に足を踏み入れたのは一九九五年からさかのぼること約二十年前。大韓民国の幼児教育の現実に楽観的な期待を抱いていた母さんは、四歳の誕生日も迎えていない娘の手を引いて町の保育園を訪ねた。地域でいちばん評判のいいところだった。蝶々の形のフレームのめがねを鼻先にかけた女性園長が、私の顔をじっと見つめた。まだ赤ちゃんみたいに見えますね。母さんは気を悪くした。そうでしょうか？ でも、見た目よりはしっかりしてるんですよ。母さんを失望させたくなかった私は、貝殻のように口を固く閉ざし、目にキリッと力をこめた。初めて会う大人から自分を守りたいとき、今でも私はときどき同じことをする。園長は入園を許可してくれたが、次のような呪(のろ)いを私にかけた。もうそろそろ、共同生活の秩序を学ばなければならない時期ですよね。偉大な共同生活の秩序。同じ夢から覚めて同じ形のかばんを背負って、同じ時間に登園し、同じ歌とお遊戯を習った後、同じメニューのおやつを食べること。

四歳。遅刻するのは必然のことだった。どうして毎日毎日、人に強制されて朝の甘い眠りから目覚めなくてはならないのか、私はさっぱり理解できなかった。受け入れることもできなかった。母さんは毎朝、私をおんぶして路地を走らなくてはならなかった。当代のトップスター、ナム・ジンにぞっこんだったお手伝いのスッチャ姉さんが、私のお尻を手で支えて一緒に走った。担当の先生は何度も遅刻するわけを知りたがった。

それはね、先生、私が悪いんじゃありません。私は丸いお日様が昇ったら起きます。先生が教えてくださったでしょ。丸いお日様が昇りました、起きたら最初に歯を磨こう、上の歯、下の歯、磨きましょうって。私もお顔を洗って髪をとかして、お洋服着て、次はごはんを食べようと、思ってたんですよ。だけど大変、お母さんとスッチャ姉さんはまだぐうぐう寝てるんです。誰も私のごはんを作ってくれないんです。先生もわかるでしょうけど、私はまだ四つで、一人でごはんを作るには小さすぎるでしょ。それで、お母さんを起こして朝のごはんができあがるのを待って、よくよく嚙んで食べてから来たので遅れました。おかずはお豆の煮たのとじゃこ炒め、それからわかめスープ。全部私が好きなものよ、先生。

遅刻常習犯の保護者という立場で、すぐに母さんが呼び出された。悔しくはあったろうけど、だからといって娘に嘘つきのレッテルを貼るわけにはいかなかったから、母さんは今後は天地に誓って娘より早く起き、ごはんのしたくをすると約束したそうだ。口さえ開けば神がかりみたいに、するすると嘘が流れ出てきたころのことだ。

不幸にも、怠け癖とか嘘つきといった社会不適合者の兆候を父母はあまり深刻に受けとめていなかった。むしろ、同年代の子に比べて言語駆使能力が優れていることを自慢に思っていた可能性が高い。三十五歳と、当時としてはかなり遅い年齢で最初の子どもを授かった父さんは特にそうで、彼にはすでに、一歳の誕生祝いのお膳につかまってやっと立った娘をオリンピックのマラソンの優勝者にたとえてほめ、お祝いの席にいあわせた一家眷族を仰天させた前歴があった。

保育園に入る前、お客が来ると父さんは私を居間に呼び出し、大声で新聞を読ませた。おお、こんなに小さいのにもうハングルがわかるんですか？　お客が礼儀上驚いてみせると、彼は謙遜して聞き返した。えっ、最近の子はみんなこうなんじゃないですか？　私は「ひょっとしたら神童」らしく、手で口を隠してホホホと笑った。お客が「今、いくつなの」と聞いてくるんじゃないかと思うと胸がすごくドキドキした。私は漢字を除いて朝刊の社説をはきはきと読み上げることはできたが、時計は読めない子だったのだ。数字が介入すると、鉄分が欠乏した貧血症患者みたいに急にめまいがし、世界がぐるぐる回った。1の次になぜ5でも8でもなく2が来なくてはならないのか、どうにも不可解で仕方なかった。左手と右手も長いこと区別できなかったが、その問題は八歳のとき、ガラスのドアにぶつかって左の手首を切ったことによって自然に解決された。

爪の先ぐらいでも横にそれていたら動脈が損傷したでしょうに、本当に運のいいお子さんですね。産婦人科から内科、小児科、耳鼻咽喉科、整形外科に至るまで何でも来いで診療していた町医者が、切れた皮膚をぐしゃぐしゃに縫ってくれた。左の腕には縦方向に長い、荒っぽい傷跡が残った。女の子の体がこんなことになってしまってどうしようと母さんは泣いたが、私は天にも上るほど嬉しかった。もう、みなさん左手を上げなさいと言われたときにもじもじしながら横の子を盗み見る必要がないんだもの。これからは傷のある方の腕をぱっと上げさえすればいいのだ！

それは後口、友だちのSの彼氏が全国の整形外科専門医を代表して怒りをあらわにしたほどの下手な縫い目だったが、おかしなことに私はただの一度もその傷が恥ずかしかったことはない。一九九〇年代のある日、あんまり退屈だったのでその傷口の長さを巻尺で測ってみたところ、総長八センチメートルに達していた。当時流行していたウェッジソールの靴の高さに近かった。道でそれくらいの高さの靴をはいて歩いている女性と出会うたび、ほのかな親近感と予期しない悲しみが一度に押し寄せてきた。

一九九五年六月二十九日は、息がうっと詰まるほど蒸し暑い日だった。午後五時三分、私は三豊百貨店の正面玄関に入っていった。申し訳ございませんお客さま、全館でエアコンが故障しております。明日までに必ず修理いたしますので。エレベーターガールが優しい微笑を浮かべてそう言った。

その春、「Myself」というパソコン通信のIDと、大学に在学中か休学中かもう卒業した二十四人の友だちと、ソ・テジワアイドゥル［歌手ソ・テジをリーダーとする、「ソ・テジと子どもたち」という名のロックグループ。一九九〇年代にカリスマ的な人気を誇った］のアルバム1、2、3集と、ワードプロセッサを私は持っていた。机の引き出しの中にはミン・ビョンチョル学院、チョン・チョル学院、パゴダ学院と、無節操なほどいろんな英語学校の受講証が散らかっていた。

一九九〇年代初めのそのころ、城北区（ソンブク）にある大学キャンパスよりも、江南（カンナム）駅近くの英会話学校で過ごす時間の方が確実に長かった。時間が絶対的なものではなく、相対的なものであるならなおのこと。英語学校で使うニックネームとして私は自分に「サリー」という名前をつけた。会話クラスのクラスメイトに、『ハリーとサリーが出会うとき』［日本語題『恋人たちの予感』］という映画からとったの？　と聞かれたけれど、本当は「魔法使いサリー」のバリエーションだったのだ。本名で呼ばれるのでさえなければ、サリーでもキャンディでもイライザでも、たとえピッピだってかまわないという気持ちだった。だってチョン・ヒョンチョルがソ・テジになる時代だったのだから。

教育制度の枠から押し出されたのは一九九五年。ソ・テジと同い年だという事実はあのときも今も私に、自負と敗北感を同時にもたらす。一九九二年三月には「僕は知ってる」が、一九九四年八月には「渤海（パルヘ）を夢見て」が発表された。僕にはたった一つの願いがあるんだ 隔てられたあの地の友にいつ会えるのか 僕らはためらい 互いを見失う――。ふと気づくと大学は、深まりゆく最後の秋を迎えていた。いよいよ私たちも本格的に年をとっていくのね、と友だちのSがため息をついた。私はさっきからSのつやつやの唇だけを見つめていた。その口紅のブランドが知りたかったのだ。就職と恋人を両方手に入れた子は金メダル級だけど、何もできなかった子は木（モク）メダル級［「モクメダル」は「首吊り」に音が似ている］だって言うよね、とほかの友だちWが寒いジョークを言った。Wの分類法によれば、四年生の二学期が始まると同時に有名な投資金融会社でインターン社員として働いている上、国立大生の彼氏がいる自分は、月桂冠を戴いた金メダリストなんだそうだ。私は夜、眠れなかった。職業欄に迷いなく「学生」と書いてきた歳月が二十年近いのだ。高校を卒業したら大学生になるか予備校生になる以外、ほかに道があるなんて考えたこともなかった。大学卒業だってそれと何も変わらない。インターネットの掲示板をくまなく探して、ソウル市内で証明写真をいちばん上手に撮ってくれる写真館を見つけ出した。おとなしく堅実で優しく見えるように、カメラの前で私は「ウィスキー、ウィスキー」と言って笑った。しばらく前に大韓航空の乗務員試験に合格した学科の同期生が教えてくれた方法だ。歯を半分ぐらい見せて口角を上げた履歴書の中の私を、自分じゃないと言い張るのは難しかった。

十通以上の履歴書はワープロで作成した。私はしっかりした人間です——レンガのメーカーに提出する履歴書はそんな書き出しで始めた。文房具メーカーの履歴書には、私の横には今、御社のボールペンが一本置かれています、会社のためにインクのすべてを捧げ、身を呈するボールペンのような人になりますと書いておいた。いったい何をやるところなのか見当もつかない会社のためにはやむをえずこう書いた——私は優しい両親のもとに生まれ、平凡な環境で成長しました。私の若い日の夢と情熱を御社で燃やしたいと思います。どうぞチャンスを与えてください。一社から呼び出しが来た。映画会社だった。そこには何と書いた自己紹介書を送ったのか思い出せない。面接に行って初めて、なぜ私が書類選考を通過したのかわかった。

その会社はエレベーターのない五階建てのビルのてっぺんにあった。町の不動産屋みたいな古い革のソファーと金属製のキャビネット、安物の事務机などがぎっしりたてこんだ事務室を通っていくと、とんでもなく豪華な社長室が現れた。社長は小柄でやせた四十代の男性だった。彼が私の顔をじっと見た。目の下にほくろがありますね？　それ取ったらお嫁に行けるのに。あ、はい。もし結婚と職場のどっちを選ぶかと質問されたら、現代女性にとって結婚と職業は択一問題ではないと思います、と答えようと決意を固めていたが、そんな質問は出なかった。英語堪能ということですが？　あ、はい。英語の実力として「上・中・下」のうちどこかに丸をつけなくてはならないなら、誰だって「上」を選ぶだろう。何はともあれ私はパゴダ学院インセンティブコースの修了者だったのだ。

ところでさ、と社長が急にくだけた言葉遣いで問いかけた。君、文章書ける方？　書ける方という意味がすぐにはピンとこなかった。私は呆けた表情を浮かべた。ああ、じれったいな。子どものころ作文コンクールなんかで選ばれたりしたことあるかって意味だよ。英語と文章力、うちはこの二つの才能を備えた人を探してるんだがね。あのー、高校のとき文芸部に入ったことはありまして、詩を書いて賞をもらったこともあります。そこまで言うと何だか、自分がとてもつまらない存在のように感じられた。

社長は、疑わしそうな表情を隠さなかったが、また質問した。そうか、じゃあ、いちばん感銘を受けたエロものは何だい？　え？　エロもの知らないの？　男女相悦之詞［男女の情を歌った高麗時代の歌謡］だよ！　あ、はい、えーと……『ナインハーフ』と『官能のレッドシューズ』です。社長の口元に微笑が広がった。おお、それなりにつかんでるね。彼は、私が入社したら任される仕事についてだらだらと説明することで、私を採用したい意思があることをほのめかした。餅（トッ）映画［「餅（トッ）をつく」が性交の暗喩］って聞いたことあるかい？　餅で始まる二音節の単語といえば、餅ポッキ、餅ラーメンしか知らなかったが、私はあえて首を横に振らなかった。

わが社が最終的に目指しているのは、第三世界の隠れた芸術映画を持ってきて観客に紹介することだ。今は時節を待っているところだが、いずれ芸術映画の専門上映館もオープンさせる予定だし。それをやるにはまず第一に、何が急務だと思う？　そうだ、安定した資金力だ。社会生活というものは、自分がやりたいことだけやっていられるものじゃないからね。夢をかなえるには身を伏せていなくてはならないときもあるってわけだ。社長は一介の求職者にエロ映画輸入業者の悲壮な所感を吐露したあげく、私の仕事は、映画館では公開せずにすぐビデオとして市場に出る映画——主に十八禁のエロ映画——の一次翻訳台本を監修してなめらかに書き直すことだと教えてくれた。うめき声がほとんどだから、あんまり難しくないと思うよ。来週から出社できるだろ？　あれ、何で返事しないんだ？　あのー、ちょっと考える時間を。社長の目がまん丸になった。

すっかり萎縮した私の声を、彼は伯爵のプロポーズを拒絶する田舎娘のそれみたいに受け取った。チッチッ、まだ子どもだな、腹が減っとらんのだな。経理社員が持ってきてくれた白い封筒をどさくさまぎれに受け取って私は映画会社を出た。封筒の表には、面接費と太い字で書いてあった。中にはぱりぱりの一万ウォンの新札が二枚入っていた。面接ってこういうものなのかなあ。面接というものを初めて受けたのでわかるはずがなかったが、驚いた。五階から階段を歩いて降りてくる間、こんなに立派で良心的な職場で働くチャンスを自分から蹴ってしまったことへの後悔が押し寄せてきた。そのときも今も私は、典型的な朝令暮改タイプの人間なのだ。

Qブランドの売り場は婦人服売り場の右端にあった。Q売り場の前を通り過ぎたとき、Rはいなかった。ピンク色の制服を着たほかの販売員だけが暇そうに電卓をたたいていた。Rは食事休みに出ているのかもしれない。Rは、ゆで卵半分がのった甘辛いチョル麵（ミョン）「歯ごたえのある麵を甘辛いたれで和えた麵料理」が好物だった。うちの社員食堂のチョル麵にはいつも卵が入ってないのよと、文句を言っていた。

新しい友だち。

その年の春、私が出会った彼女のことを、誰も知らなかった。

Rと私はZ女子高校の同窓生だった。学校に通っている間に話をしたことはほとんどない。特に理由はない。Rはいるかいないかわからないほどおとなしい子だった。私たちは一年生のとき同じクラスだったが、出席番号が近かったわけでも、身長や成績が近かったわけでもなく、仲良しの友だちもまったく重なっておらず、通学路も違っていた。

漢江(ハンガン)の北に位置するZ女子高校では、全校生の三十パーセントに達する江南在住の学生のために五台のスクールバスが運行されていた。このころ小学区制が導入されたが、名門校が集中する江南に転入してきた生徒の場合、転入後三十か月に達していない者には別の学校群が割り当てられた。それが不満な保護者たちの中で集団転校の動きが起きており、彼らをなだめるために学校側では最大限の誠意を見せなければならなかったのだ。

安全な登下校には我々が責任を持ちます。登校より下校の方が問題ではありませんか。危ない場所に寄り道せず家の前まで確実に。夜間自習［学校の授業が終わった後、夜の十時ごろまで残って勉強すること。塾や家庭教師が禁止されていた一九八〇年代に生まれた慣習］が終わるや否や、スクールバスに乗り遅れまいと私は一目散に走らなければならなかった。後になって知ったが、Rの家は学校の裏門から二十歩しか離れていなかった。Rとは目が合った瞬間、お互いに気づいた。一九九五年二月のことだった。

大学の卒業式まで残すところ一週間あまりとなった日のことだった。友だちのSから電話がかかってきた。大変なのよ、うちの会社、何が何でもスーツじゃなきゃだめなんだって。Wの会社は金融関係だから制服らしいんだけど、洋服代がかからなくていいよねえ？　そう言われて私は何と答えていいかわからなかった。そうねえ、まあ、みんながおんなじ服を着るよりは、服装自由の方がましだと思うけど。あら、そう、それもそうかもね。そういえばあんた卒業式に何着るの？　えーと、まあ、全部黒いガウンに隠れちゃうんだから何着てるか見えやしないでしょ。えーっ、そんなことないよ、私たち服買いに行こうよ。私が三豊百貨店まで行くからさ。

Sに会うことにしたデパートは、わが家から五分の距離だった。高層団地をゆっくりと歩いていく間ずっと、私はコートのポケットの中のポケベルをいじっていた。振動は感じられなかった。そのとき私は化粧品専門の雑誌社とシステムキッチンのメーカーからの最終連絡を待っているところだった。面接費を払ってくれる会社は一社もなかったので、私は最初に受けた映画会社が改めて恋しくなった。何日か前の夜、ビール何杯かで酔った私は別れた初恋の人ではなくあの映画会社に電話をしてみたが、五分間着信音が鳴りっ放しだった。残業もない、大変いい会社だったに違いない。このままであと一週間過ぎたら自分がどこにも所属していない人間になるなんて、信じられなかった。

　Sは婦人服売り場のマネキンが着ている洋服を全部試着してみたがった。UブランドのベルベットのワンピースはぽっちゃりめのSには似合わなかったが、Sはどうしてもと言ってそれを買った。パンツスーツはQブランドのがいいんだとSが言うので、私たちはQの売り場へ行った。そこに、ピンク色の制服を着たRがいた。

わー、元気？　Rが先に声をかけてきた。あらこんにちは、元気？　と私が答えた。

これが私たちがかわした最初の会話だ。私ここで働いてるのと、言わなくてもわかることをRはあえて言った。そうだったんだ、知らなかった、私、ここにはよく来てるんだけど会わなかったね。うん、明洞（ミョンドン）のロッテ百貨店から移ってきて間もないからさ。かなり気まずかった。Sが表情で誰なのかと尋ねてきたが、私は気づかないふりをした。ふさわしい説明の言葉もなかったうえ、高校のとき同じ学校に行ってた子で、お互い顔を知ってるだけなのよなんて耳打ちするわけにもいかなかったから。Sはカーキ色のスーツ用パンツを選んで試着室に入った。ほかのお客さんはいなかった。Rと私二人きりだった。私はきまりが悪くてちょっと笑った。Rが言った。あなた全然変わってないのねえ。笑うと昔とおんなじで、きれいだわ。私が笑うところをRが前に見たことがあったのだろうか。

私は生まれついての都会人だ。ほめられたら相手をほめ返さなくてはならないと学んできた。だからこう言った。あなたは前よりずっときれいになったねえ。Rは照れくさそうな微笑を浮かべ、学校時代は私、ちょっと太ってたからねと答えた。そういえばかなりやせたみたいだ。私たちは再び沈黙の中に置かれた。変ねえ、ここのパンツ、デザインが変わったみたい。これじゃ脚が短く見えない？　Sが全身鏡を前にして、あっちこっちからフィッティングを見た。そんなことございませんよお客さま。よくお似合いです。よくわかんないけどパンツの丈が長いからかなあ、とSは鏡の中の自分が全然気に入らないらしい。丈をちょうどにしてさしあげますよ。パンツの裾上げの寸法を決めるためにRがSの足元にひざまずいた。くるくる丸めて黒いネットの中に入れたRの髪。首筋に後れ毛が何本かかかっていた。

Sは結局そのパンツを買わなかった。じゃあ帰るね、今日は会えて嬉しかった。そーお、買い物楽しんでね、またここ通るときはきっと、寄ってよね。うん、そうする、それじゃまたね。あ、ねえ、ちょっと待って。振り向いた私をRがそう呼び止めた。ポケベルの番号教えてちょうだい。セールの情報とか、知らせるから。私も礼儀上Rの番号を聞いた。015で始まるポケベル番号と5で始まる売り場の電話番号をRは、三豊百貨店の丸いマークがついたメモ用紙に書いてくれた。

一週間が過ぎても化粧品専門誌とシステムキッチンの会社からは連絡が来なかった。卒業式の日、私は大学に行かなかった。卒業式も終わり、長かった冬休みが明けた初日は一段と妙な気分だった。うんと小さいころ、一時は「ひょっとしたら神童」と誤判定されたあげく、とうとう大卒失業者になった長女に対して、両親は複雑な気持ちにはなっただろうが、せっついたりはしなかった。彼らには、娘の月給をあてにする必要がないくらいの経済力はあった。両親を卒業式に招待し、頭に学士帽をかぶせてあげて写真を撮る代わりに、お見合いの提案を黙々と受け入れることで、私は最悪の親不孝を免れた。

アメリカで歯科大学に通っているというその男性は、結婚相手を探しに帰国したと言っていた。自分の専攻は損傷した歯を復元することだと自己紹介した。道を歩いているときに彼が立ち止まり、十階建てのビルを指差した。一日に患者を三人診れば、あれぐらいのビルがすぐに建ちますよ。そんなことを本気で言う人をテレビドラマでなく現実に見たのは初めてだった。彼は私の軽蔑を買うと同時に、母さんを乗り気にさせた。お母さん頭おかしくなったんじゃないの？　言葉も通じないところに行ってどうやって暮らせっていうの？　あんた、ずーっと英語学校に行ってたじゃないの、せっかく高いお金つぎ込んで通わせたのにどうして言葉が通じないのよ？　とにかく、だめ。私、絶対外国では暮らせない。何で？　だって私、高級韓国語を駆使する人間なんだもん。そのときになって私は、自分は旅立つためではなく居残るために英語の勉強をしてきたのだと悟った。三月が目前だった。

目が覚めるとすっかり正午を過ぎていた。私は革のリュックを背負って家を出て、瑞草洞の国立中央図書館へ行った。図書館の入り口では、住民登録証ではなく学生証を出した。入館証を渡してくれるおじさんは、学生証の有効期間などには関心がなさそうに見えた。定期刊行物閲覧室には、国内で発行された普通の雑誌が全部そろっていた。『幸せいっぱいの家』と『ワーキングウーマン』、名前も知らない文芸誌などを次々に読んでみると、頭の中がぼーっとしてくるようだった。

じゃがいもとにんじんだけで構成された図書館の食堂の水っぽいカレーライスは、一度チャレンジしてやめた。遅いお昼にキムチカップラーメンを食べ、イオン飲料を飲んだ。まだ冬のコートを着ていたから、春が来ていたわけではない。そうやって五日めになった日のことだ。構内の売店でカップラーメンにお湯を入れ、割りばしを半分に割っていたら、突然背筋がぞくぞくした。図書館は寒すぎた。カップラーメンをそのままゴミ箱に入れて、私は図書館を出た。地域の巡回バスに乗って、三豊百貨店に行った。

五階のレストラン街のビビン冷麺はものすごくおいしかった。まっ赤な麺の中に辛子をどっさり入れてよくかき混ぜる。辛さに涙がほろっと出てくる。つけ合わせのスープで口蓋がやけどしそうだ。五階からエスカレーターに乗って一階ずつ下へ降りていった。四階のスポーツ用品、三階の紳士服、二階の婦人服売り場を念入りに見物した。

退屈で刺激が欲しいとき、やっぱりデパートほどうってつけの空間はない。二階の右側の端の売り場で接客しているRの姿が見えた。十一号サイズまでしかないQブランドの服が合いそうにない立派な体型の中年女性を前にして、Rは優しく笑っていた。私は売り場の中に入ってRの肩をポンとたたこうかと思ったが、踵(きびす)を返した。一階の化粧品コーナーで新製品のアイシャドーを試し、ヘップバーンスタイルのレンズの大きいサングラスを手に取ってから元の場所に置いた。地下一階のファンシー雑貨コーナーに行って、くまのプーさんのキャラクターがついた赤い布のペンケースを買った。その隣の書店で、今は内容も忘れてしまった文学賞の受賞作品集を最初から最後まで立ち読みした。しばらくして顔を上げたが、時間がどれくらい経ったのかわからなかった。あのときも今もデパートの中には時計がないから。おなかからぐうーっと音がした。

Rがくれたメモ用紙を探そうとリュックを引っかき回した。パリの街角みたいにすてきな造りの一階ロビーの電話ボックスに入り、二階のRに電話した。ああ、◯◯ね。Rは私の名前を正確に呼んだ。二時間だけ待ってちょうだい、早ければ八時には出れるから。あの一九九五年が過ぎたずっと後になって、私はときどき、ものすごく知りたくなることがあった。あのときRはなぜ私の電話にあんなに淡々と出たのだろうかと。私が先に連絡してくるだろうと予想していたのか。またはRにもそのとき、自分のことを何も知らない新しい友だちが必要だったのか。

八時を過ぎると、屋外駐車場の方から一群の女性たちがあふれるように出てきた。制服ではなく私服の普段着を着た彼女たちの姿が暗闇の中に浮かび上がり、それは生気に満ちてはつらつと見えた。Rが先に私の肩をぽんとたたいた。いっぱい待った？ジーンズにフードつきのジャンパーを着たRは高校時代とまったく同じだった。お腹すいたわ、行こ。Rはとても自然に私と腕を組んできた。私たちは高速バスターミナルの方へ歩いて降りていった。

うどん屋に入って注文をしてから、お昼も麵類だったことを思い出した。あら、私も麵類大好きなんだけど、あなたもそうなのね。でも小麦粉の主食は一食おきにしないと。そうでないと私みたいに胃を悪くするよ。この仕事をしてる人たちは食事が不規則だから、みんな胃の調子が悪いの。私はたくあんを嚙みながら尋ねた。デパート勤めは長いの？　十八歳のときに始めたから、今年で五年めかな。高校を出た後、風の便りでもRの消息を聞いたことはなかったので、Rが大学に行かなかったことも当然知らなかった。そうなんだ。仕事は面白い？　まあ、そこそこだよね、食べていくために働くっていうのはどこもこんなもんでしょ。販売の仕事は麻薬みたいだって言うよ。すごく大変で、辞めたいって口癖みたいに言って歩いてる人も、この業界から離れられないのよね。

うどんが出てきた。湯気がもわもわと上るうどんを私たちは黙々と食べた。Rは私に、何の仕事をしているのか聞かなかった。大学は卒業したのかとも聞かなかった。食堂から出るとき、Rが伝票を取った。私は急いで財布から千ウォン札を四枚出した。自分の食べたうどん代だ。十ウォン銅貨一枚まで正確に割り勘にするダッチ・ペイが一九九〇年代初めの女子大生の間では一般的な精算方法だったが、Rは必死でそれを振り切った。仕方なく私は千ウォン札四枚をまた財布に突っ込んだ。じゃあ私がコーヒーをおごるよと私が言うと、Rはまた私と腕を組んだ。カフェに行くのは正直、お金がもったいないなあ。どうせなら私の家に行かない？　ここからバス一本で行けるのよ。

　私たちはZ女子高校の前の停留所でバスを降りた。Rについて迷路のように薄暗い路地をくぐっていくと、見慣れたZ女子高校の裏門の塀が見えた。近道から来たんだよとRは言ったが、三年間通った私も知らない道だった。うち、学校とすごく近いでしょ？　私はうなずいた。たぶん私が全校で最初に登校する生徒だったと思うよ。がらんとした教室に座ってたらやっと太陽が昇ってきたこともあったんだ、とRがはにかんで笑った。Rの家に行くには、門を入って母屋の横にあるコンクリートの長い階段を上らなくてはならなかった。暗くて、一段の高さが高いのでちょっとしんどかった。

　Rがリビングの電気をつけた。室内は質素だったが、窓から見おろせるソウルの街の明かりがすばらしかった。うわあー、夜景がすてきじゃなーい。私はちょっと大げさな感嘆詞を口にした。何だかんだ言ってもここ、南山（ナムサン）だもんね。Rは照れくさそうにつけ加えた。あなたに見せたら喜ぶと思ったの。座卓には紫色のクロスがかけてあった。Rは座卓を窓のそばに引っ張ってきた。甘ったるいコーヒーが優しく舌にからみついた。

Rが不在だったので、私はエスカレーターで地下一階に降りた。三豊百貨店の構造なら、目をつぶっていても歩けるほどよく知っている。ファンシー雑貨コーナーに行ってハードカバーの日記帳を買った。水玉柄とゼブラ柄の表紙のどっちにするか悩んだが、最後の瞬間にゼブラにした。息苦しくなるほど蒸し暑かった。制服姿の販売員が三、四人、レジの近くに集まっておしゃべりしていた。聞いた？　さっき、五階の冷麺屋さんで天井板が落っこちてきたんだって。どうしたんだろうね、まさか今日、ここ、倒れるんじゃないよね？　今日はだめ、死んでもだめよ！　私、新しいパンツはいてきたんだから。彼女たちはきゃらきゃらと笑った。それはほんとうに、きゃらきゃらーという音のする笑い声だった。お客さま、四千九百ウォンです。私はおつりの百ウォン銅貨を握りしめてそこを離れた。

その年の早春、私は新しい友と急速に親しくなっていった。二十四人の友だちはみんな忙しいらしく、私の黄緑色のポケベルはよほどのことがない限り鳴らなかった。三月の日はやはり短かった。私もやはり、R以外の友だちには自分から連絡しなかった。私は国立中央図書館の閲覧室で一日に一通ずつ履歴書を書いた。口角を上げて撮影した証明写真が足りなくなった。ソウル市内で写真をいちばん上手に撮ってくれるという写真館で写したネガを三豊百貨店内の写真店に預けて、あと十枚焼き増ししなくてはならなかった。

図書館で一日じゅう何してるの？ Rが聞いた。ただ、本読んで、勉強もしたりしてるんだよ。Rが目を丸く見開いた。飽きないの？ そんなに勉強ばっかりして。申し訳ないが飽きるほど勉強したことは一度もないのでちょっと良心がとがめた。昼間に行くところがないんだったら、うちの鍵あげようか？ 今までそんなことを言う友だちはいなかった。私は笑ってみせた。どうせ空（あ）いてるんだから、ラーメン作って食べたり、本読んだり、好きなことして過ごせばいいよ。使った食器だけ洗っといてくれればいいし。

家を貸してくれる契約条件としては実に素朴なものだった。Rが銀色の鍵を取り出した瞬間、言葉にできないほど気が重くなった。私は必死で首を横に振った。ううん、いいよ、あなたのいない家にあたし一人でいて何するっていうの。でも持っといてよ、万が一ってこともあるからさ。もしも私が眠ってるときに心臓麻痺で死んだら、この鍵で入ってきて発見してちょうだいね。ちょっとー、やだー、何でそんな怖いこと言うの？ じゃあ、お風呂の床で滑って倒れてたら助けてね、わかった？ わかった、でも一九を呼ぶ前にまず服は着せてあげるからね。アハハ、絶対そうしてよね。Rの手のひらから私の手のひらに渡った鍵は小さく、不安定に見えた。

　その鍵を鍵穴にこじ入れてドアを開け、私一人でRの家に入った記憶はない。図書館が閉まると私は三豊百貨店へ行った。たいていは地域の巡回バスに乗ったが、気温がちょっと高い日には歩いた。ある日は図書館の右側から、瑞草駅交差点のイブキの植え込みのところを通り過ぎ、またある日には図書館の前で道を渡って江南聖母病院を横切った。Rを待っている二時間あまりはすぐに過ぎた。本を見たりレコードを買ったり、洋服を見て回ったり、アイスクリームを食べたり、あそこにいれば何でもできた。デパートとはそもそも、そういう場所だ。そして退屈したらQの売り場に行ってRの手伝いをした。

　試着室で着替えて出てきた顧客たちは、販売員であるRの言うことより、同じお客どうしみたいな私のコメントの方を信頼した。正直、モノトーンよりパステル系の方がずっとよく似合いますよ。今着てらっしゃるグレーのジャケットより、さっきのあの、ペールグリーンのトレンチコートの方が十倍はきれいだわ。ちょっと高くても、私だったら断然あっちを買うと思います。お客が片手に青い買い物袋をどっさり持って出ていった後、Rと私は顔を見合わせてにやっと笑った。あなたって、見てたら販売にすごい才能がありそうよ。Rが私をほめた。じゃあ、コネで就職させてよと私はくすくす笑った。

閉店時間が近づいてくるとお客が減る。閉店時間になるとスピーカーから「蛍の光」が流れてきた。アップテンポで軽快にアレンジされた「蛍の光」は、毎日聞いてもどういうわけか耳慣れなかった。久しく慣れにしわが友どち　などてか別れの日は来たりぬ　いずこへ行くとも忘るるものか　いずれの日にかともに歌わん。早口で歌詞を口ずさみながら、私は先に百貨店の外へ出て、ジーンズに着替えて出てくるRを待った。食事代はRと私が交代で出した。お金ないんじゃない？　とRは私を止めたが、他人に一方的におごられるなんて想像したこともない。実は私の財政状態は悪くなかった。ピザとかレストランのステーキならいざ知らず、チョル麵（ミョン）とか海苔巻きといった軽食なら毎日だっておごることができた。まだ家からおこづかいをもらっているという事実を、Rには言っていなかった。

ごはんを食べた後はRの家に行ってビデオを見たり、ビールを飲んだりした。つまみはピーナッツかオニオン味のスナック菓子。Rはイカの味のするお菓子は絶対買わなかった。するめの焼いたのも食べなかった。イカが全身をよじりながらガスの火の上であぶられていくところなんて、とても目を開けて見ていられないと言っていた。見なきゃいいじゃないの、私が焼くからと言ってみたが、Rは耳を貸そうともしない。深い海の中で生きていたイカが陸に引きずり出されて、毎日かんかん照りの下で干されただけじゃ足りなくて、熱い火で焼かれるなんて残酷すぎない？　そう言われればそんな気もする。するめにマヨネーズをたっぷりつけて奥歯でぐっと嚙みしめたいという欲望は消えた。

いつもスナック菓子よりビールが先になくなる。ビールが切れると私は立ち上がった。バス停までRが一緒に来てくれた。この何日かで、夜の空気はめっきりあたたかくなってきている。南山循環道路のれんぎょうが一つ、二つとつぼみをほころばせているところだった。街灯の明かりがちらちらして、れんぎょうの色がどれくらい黄色く色づいたか見えなかった。れんぎょうではなくつつじだったかもしれない。そう考えてみると、昼間の太陽の下でRの顔を見たことはない。

聞いたら答えてくれただろうけれど、なぜ一人暮らしをしているのとRに聞いたことはない。私の基準では、それが礼儀だと思ったからだ。もしかしたらRはそれを寂しく思ったのかもしれない。心と心の間のふさわしい距離を見つもることは、あのときも今も私にはただただ難しい。本棚に立ててあった何冊もの詩集のことも聞きたかったけど、口には出さなかった。キャラメル色の表紙の『口の中の黒い葉――奇亨度(キヒョンド)詩集』［奇亨度は一九八九年に二十九歳で夭折した詩人。遺稿集であるこの詩集は若者に絶大な人気があった］は、私も持っていた。「長いこと、書けないときがあった。この地の天気が悪すぎて、僕はそれに耐えられなかった。そんなときにも町はあり、車は通り過ぎていった」。そう始まる裏表紙の「詩作メモ」をRの家で改めて見たとき、私が耐えられないのはこの地の天気ではなく、自分自身だということを知った。

一階の公衆電話ボックスに入ってRのポケベル番号を押した。Rは定番の留守メッセージさえ録音していなかった。ン、ン、と声を整えて私はメッセージを残した。あー、私よ。通りかかったから寄ってみたんだけど、いなかったね。食事に出たのかな？　元気？　私も元気だよ。あんまり連絡できなくてごめんね。会社行ってるとそうなっちゃうよね。帰ってくるとシャワー浴びて寝るので手一杯で。今日は途中でちょっと早退したの。だけど、行くところがなくて。元気でね、また来るからね。Rはあのメッセージを聞いただろうか。私は今でもわからない。

土曜日だった。かなり遅く起きて顔を洗ってくると、Q売り場の電話番号がポケベルに表示されていた。ねえ、今日一日アルバイトしてくれないかな。うちのマネージャーが、おばあさんが突然亡くなって急いで帰省したのよ。本社からは明日にならないとヘルプが来てくれないんだよね。バーゲンだからお客さんが多いはずなの、一日だけ手伝ってちょうだい。私はわかったと返事した。洋服ダンスを開けてみた。やっぱりQブランドの服を着ていった方がいいだろうと思って、去年の春シーズンに買ったQの白い開襟シャツを出して着た。下には梨花（イファ）女子大の前のブティックで買った黒のスカートをはいたが、それはいつかRが間違えて、これ、うちの商品だねと言ったものだった。

Q売り場にはRと、初めて見る男性がいた。主任、この子、今日一日だけのアルバイトですとRは私を紹介した。男性は私の住民登録証を受け取っていくつかの項目を書き写すとこう言った。制服に着替えてください。あわてたのは私より、Rの方だった。えっ、今日一日だけのバイトなのに何で制服着なきゃいけないんですか？　もともとそういう規定になってるじゃないか。今まではそんなことしなかったんですけど。そっちの方が間違いなんだよ。でも、この子は学生で、私の友だちで、今日一日ちょっと手伝ってくれるだけなんです。一回だけ勘弁してください。学生ではなかったので私はぎくっとした。

Rの姿勢は強硬だった。通りすがりの人が見たら、その主任が私に着せようとしているのは販売員の制服ではなく囚人服だと思っただろう。私はRをなだめて言った。大丈夫だよ、私、制服着るから。Rが私を見た。子牛みたいに人なつっこいまん丸の目だった。あなたほんとにそれでいいの？　私はにこっと笑ってみせた。当然だよ、どうってことないよ。それじゃ主任、この子の胸に「臨時アルバイト」って名札つけさせてください。制服は私の体にぴったり合った。私は完全な服装自由化世代なので、小学校のときにガールスカウトのユニフォームを着て以来本当に久しぶりの制服だった。制服は思ったより重かった。妙に、重く感じられた。

私服のままで適当なことをぽんぽん言いながらRの仕事を手伝っていたときとは、何もかもが違った。正午を過ぎるとお客が押し寄せてきた。やるべきことはたくさんあるのに体がのろまで、仕事がうまくこなせない。お客に似合う服を選んであげるどころか、サイズ探しの注文にすら冷や汗がたらたら流れる。Rが一生けんめいカバーしてくれたが、彼女が在庫を探すために倉庫に入ったり、ほかのお客の相手をしていると、どうしたらいいのかわからなかった。先に来たお客の袖丈調整のためにピンを打っていると、後から来たほかのお客がイライラして怒鳴ることがしょっちゅうあった。

このブラウス、三十パーセント引きでいくら？　十五万ウォンとかではなく、十四万八千ウォンの三十パーセントがいくらなのか私には見当もつかない。ただでさえアラビア数字を見ると頭がぐるぐる回るような人間なのに。私はRを見た。Rはむこうでお客の気に入った白いパンツに合う服を選ぶのに余念がなかった。レジ係の子もとても忙しそうだ。ちょっとあんた、何やってるの？　さっさと計算してよ。この四着買うから、三十パーセント引きで計算してみて。私は注意深く電卓をたたいた。忙しかったレジ係が、私のいいかげんな算数の結果を再確認しなかったことが問題だった。

百万ウォンの小切手を出し、おつりも受け取って帰っていったお客が再び現れたのは、いくらも経たないころだった。これ、どのアマが計算したの？　アマ、という言葉を彼女は目をぴくりとも動かさずに発音した。その罵倒語が向けられた先が私だなんて、実感が湧かない。どうなさいましたか？　Rが私と彼女の間に割って入った。あなたじゃないわよ、計算したのはその子でしょ。このスタッフはアルバイトですので、私におっしゃってください。ちょっと、何でこんな基本も身についてないアルバイトを使ってんのよ？　中学も出てないの？　この程度の足し算引き算もできないの？　何はともあれ基本も身についてないアルバイトであることは間違いないので、私はすっかりうつむいていた。申し訳ございません、私がすぐに計算し直しますので。Rは何度も頭を下げた。いったいなぜ四万ウォンも増えてしまったのか、わかるはずがなかった。

差額を受け取ったお客は私を一度にらむと、マネキンが首に巻いていたスカーフをひっぺがした。腹が立ってこのままじゃ帰れないわよ。あのバカな子のせいでどれだけ時間を無駄にしたと思ってんの？　これは弁償の代わりにもらっていくわ。これの分はあの子の日当から引くとか、そっちでどうにかしてちょうだい。お客さま、それはセール除外品ですから困ります。ほかのノベルティを差し上げますから。お客はまたスカーフを奪い取って声を張り上げた。そんながらくた、誰が欲しがると思うのさ？　これが気に入ったからもらっていくって言ってるのに、何よ、それ？

　騒動は、さっきの主任という男性が駆けつけてきてやっと収まった。お客は結局、そのスカーフを買い物袋の隅っこに押し込んだまま堂々と去っていった。主任の棘のある説教を聞いている間、Rは唇をひたすらぎゅっと噛みしめていた。そして私は――私はただもう、ここから逃げてしまいたかった。私のせいでこんなことになってごめんね。後にして思えば、私がまず言うべき言葉はそれだったのに。私はやっとのことで口を開いた。大丈夫？　Rの瞳が静かに揺れた。もちろんだよ、こんなの問題のうちにも入らないよ。Rが私の制服の肩についた埃をぽんぽんと払ってくれた。今日は、お疲れ。忙しい時間帯はだいたい終わったから帰って。私は答えられなかった。今日の働いた分は私が後で精算するからね、早く着替えて。一人で大丈夫？　うん、私、一人が楽なの、早く着替えてね。Rが私を試着室へ押し込んだ。

試着室で私は、三豊百貨店の販売員の制服を脱ぎ、自分の服に着替えた。白い開襟シャツと黒いスカート。制服ではないのに、その服は本当に重かった。鉄筋が肩にのしかかってくるようだった。Q売り場に来てからたかだか四時間しか経っていなかった。私はRを残してあわただしく百貨店を出た。ピンク色の三豊百貨店の建物がダン、ダンと音を立てて私を追いかけてくるみたいだった。

一時期親しかった誰かと距離を置くようになるのは、珍しいことではない。大人になってからは特にそうだ。あの一件の後、間もなく私は就職した。動物の飼料を輸入する会社だった。世の中にはこんなにたくさんの動物がいるのかと驚いた。私はマーケティング部に配属され、研究用の実験動物のための飼料を売った。ハムスターは一日に十〜十四グラムの餌を摂取しなくてはならず、ラットは十五〜二十グラム食べなくてはならない。うさぎには少なくとも百二十グラム以上が必要だ。

Rと私はお互いのポケベルを鳴らさなくなった。会社の廊下の自動販売機のミルクコーヒーは、Rがいれてくれたコーヒーに比べたら全然お話にならなかった。私の会社の製品を使っているソウル・京畿（キョンギ）地域の病院と大学の実験室へのあいさつ回りで手一杯で、春が目まぐるしく過ぎていくのにも気づかなかった。平日はスーツを着なくてはならなかったが、土曜日にはジーンズをはいてもいい。その一点は気に入っていた。何度か電話機を手にしたが、そのままおろした。

恋人もできた。証券会社の新入社員だった彼と会うと、主にお互いの会社生活について話した。彼は私がかわいくて好きだと言った。かわいいってどういう意味なの？　文字通りだよ。君はきれいじゃないけどかわいい顔してるじゃん。肌も白いし、笑うと目尻にしわが三本ずつできてさ。彼は、キ・ヒョンドと言っても閑麗水道（ハルリョスド）［閑山島から多島海を通って麗水へ至る風光明媚な水路］のどこかの島の名前と思うに決まっていた。けれども善良で明るい人だったから、悪くなかった。その年の春、私は多くを持っていた。比較的温和な中道右派の父母、スーパーシングルサイズの清潔なベッド、モトローラの黄緑色のスケルトンタイプのポケベルとバッグ四個。旧態依然のものたちだ。春が去り、夏が無気力に近づいていた。

一九八九年十二月に開店した三豊百貨店は地上五階、地下四階の超現代的な建物だった。一九九五年六月二十九日。その日、エアコンは作動しておらず、店内はとても暑かった。汗が雨のように流れ落ちた。いつの間に夏になっちゃったんだろ。五時四十分、一階ロビーを歩きながら私はそうつぶやいた。五時四十三分、正面玄関を出た。五時四十八分、家に到着した。五時五十三分、ゼブラ柄の日記帳を広げた。私は今日――と書いたとき、どおーんという音が聞こえた。五時五十五分だった。三豊百貨店が崩壊した。一階部分が崩れ落ちるのにかかった時間は、一秒にすぎなかった。

そうして多くのことが起きた。私の黄緑色のスケルトンのポケベルは、安否を問うメッセージでいっぱいになった。夕ごはんのしたくの途中でチゲに入れる豆腐を買いに三豊百貨店の地下のスーパーに行った下の階のおばさんは、帰ってこなかった。まな板の上には、半分ぐらい刻んだ長ネギが残っていたそうだ。長雨の季節が始まった。

何日かして、朝刊に死亡者と行方不明者の名簿が載った。私はそれを読まなかった。隣の紙面に、ある女性著名人が寄稿した特別コラムが載っていた。その豪華さで天下に名を馳せた江南の三豊百貨店崩壊事故は、大韓民国が奢侈と享楽にまみれていることを諫める天の警告かもしれないという内容の文章だった。

私は新聞社の読者センターへ抗議の電話をかけた。新聞社は、筆者の連絡先を教えることはできないと言った。その人はあそこに、一度でも行ったことがあるんですか？　あそこにいるのが誰だか知ってるんですか？　私はやむにやまれず、読者センターの担当者に向かって怒鳴った。私はハアハアと息を切らせていたと思う。申し訳ないことだが、どうしようもなかったのだ。私が泣きやむまで電話を切らずに受話器を持っていてくれた新聞社の社員に対しては、今でもありがたいと思っている。

コンクリートの瓦礫の中から、二百三十時間耐えた青年が救助されるのをテレビで見た。二百八十五時間頑張った少女もいた。私は何もせず、テレビを見ているだけだった。恋人は私を心配してくれた。生まれたからには誰でも死ぬんだよ。軍隊で衛生兵だったとき、僕は何度も人が死ぬのを目撃したよ。母方の伯父さんが将校だから手を回してもらうこともできたけど、父さんが僕を無理に軍隊に行かせたんだ。必ずしもそのためだけとはいえないが、彼とはやがて別れた。彼はすぐに、私より四歳若くて日本人形みたいにすました感じの女子大生とつきあいはじめた。

六月二十九日以後、一度も出勤しなかった会社から、解雇通知書が書留で送られてきた。事由は無断欠勤となっていた。正確な表現だ。崩壊から三百七十七時間ぶりに、十九歳の女性が発見された。彼女の第一声は「今日、何日ですか」だった。一九九五年六月二十九日に発生した三豊百貨店崩壊事故の死傷者数は最終的に、行方不明者三十名を含めて死亡者五百一名、負傷者九百三十八名と集計された。あそこを出るのが十分遅かったらどうなっていたか。みんなが私に、本当に運がよかったと言った。

小さくて不完全な銀色の鍵を机の引き出しのいちばん下の段に入れたまま、十年が過ぎた。セロハンテープやかゆみどめなどを急いで探すとき、私はうっかりその引き出しを開けてしまったりする。Rからは一度も連絡がなかった。Rと私のポケベル番号はすでに地上から消え去った。みんなはポケベルから携帯へ、同窓生探しサイトからミニホームページへと、ひっきりなしにおもちゃを変えた。

この小説を書きはじめたとき、私はSNSの「友だち探し」機能でRのミニホームページを探してみた。Rと同じ姓名を持つ一九七二年生まれの女性は全部で十二人いた。その名前を一つ一つクリックしてみた。十二名のRたちのほとんどは忙しいらしく、ミニホームページを更新していなかった。満三十三歳。私たちが現実的な時期のまっただ中を通過していることは事実であるらしい。十一番めのミニホームページに入ると、トップ画面に女の子の写真がアップされていた。三歳か四歳に見える幼い子だ。私は写真を拡大して、しばらくじっくりと見た。その子の目は優しそうで、とても大きかった。よく見ると丸いあごのラインもRと似ているような気がする。もっとはっきり写った写真が見たかったが、写真はぽつんとそれ一枚きりだった。その子がRの娘であることを、私は心から願った。

たくさんのことが変わり、また変わらなかった。三豊百貨店が崩壊した場所はしばらく空洞となって残っていたが、二〇〇四年に超高層住商複合ビルが建った。そのマンションが完成する何年か前に、私は遠くに引っ越した。今もときどきその前を通り過ぎる。胸の片すみがぎゅっと締めつけられるときもあれば、そうでないときもある。故郷が常に、心から懐かしいばかりの場所とは限るまい。そこを離れた後になって私はやっと、ものを書くことができるようになった。

訳者あとがき

本書は、二〇一六年に文学と知性社より刊行されたチョン・イヒョンの短編集『優しい暴力の時代』の全訳に、二〇〇七年に文学と知性社から刊行された短編集『今日の嘘』所収の「三豊百貨店（サムプン）」を加えて一冊としたもので、日本版オリジナル編集である。

チョン・イヒョンの代表作であり、二〇〇〇年代韓国屈指の短編小説である「三豊百貨店」をプラスして一冊としたい考えは当初から持っていたが、「三豊百貨店」は書かれた時期も描かれた時代もかなり違うため、一つながりに扱うことは難しい。そのため『優しい暴力の時代』本文と「作家のことば」（あとがき）で一区切りとし、その後に「三豊百貨店」を収録するという、やや風変わりな造りとなった。

チョン・イヒョンは一九七二年ソウル生まれ。二〇〇二年に「ロマンチックな愛と社会」で「文学と社会」新人文学賞を受賞して作家活動を始めた。〇四年に「他人の孤独」で李孝石(イヒョソク)文学賞を、〇六年に「三豊百貨店」で現代文学賞を受賞した。繊細で生き生きとした描写力によって高い評価を受けてきた真の実力派であり、類まれなストーリーテラーであり、現在の韓国文学を語る際に欠かせない女性作家である。

チョン・イヒョンの筆力が最もポピュラーな形で花開いたのが、二〇〇七年の『マイスウィート ソウル』(清水由希子訳、講談社)だった。ソウルで一人暮らしをしながら編集プロダクションで働く三十一歳の女性ウンスの日常を描いたこの長編小説は、まさに韓国版『ブリジット・ジョーンズの日記』である。しかもそれが、保守の牙城である大手紙『朝鮮日報』に連載されたのは痛快だった。それまで中高年男性の好む重厚な歴史小説が主だった新聞小説欄を、若い女性作家の小説が、しかも次のような文章が連日賑わしたのだから。

「その一、したい人と。その二、したいとき。その三、安全に。

これが、セックスに関する私の三原則だ。口で言うほど、簡単ではない。おもに『その二』がネックとなって、問題を引き起こした。」

ウンスの恋とお仕事をめぐる冒険物語は若い女性を中心に熱狂的な人気を博し、ベストセラー入りし、ドラマ化もされた。今回、この小説を改めて読み返して、現在の韓国文学界における女性作家の活況はこのころからもう約束されていたのだという感想を持った。若い女性の喜びと怒り、希望と絶望が、社会の最も奥底を流れるマグマを暴きだすのだ。『マイ スウィート ソウル』は戦略的に軽妙なタッチで書かれていたが、男性社会の中で生きる道を切り開くウンスの奮闘は決して軽いものではなかった。それは回り回って、二〇一六年の『82年生まれ、キム・ジヨン』（チョ・ナムジュ著、拙訳、ちくま文庫）にまで引き継がれていると見ることもできる。

チョン・イヒョンは、「記録者」と称されることが多い。例えば「都市の記録者」、「私たちの〈ここ〉と〈今日〉を記録する作家」など。そんな彼女が、二〇一三年から一六年にかけて書いた七編の作品につけた総称が、「優しい暴力の時代」というタイトルだ。

「優しい暴力の時代」という作品は本書の中にはない。当初、「私たちの中の天使」もタイトル候補に上がっていたようだが、いろいろと考えた末、偶然に思い浮かんだ「優しい暴力の時代」に落ち着いたという。その背景をチョン・イヒョンは「登場人物たちが、優しさとともに隠された暴力性を備えているように思えて」と語っている。また、各話の共通点については「苦痛の中にある人たちの物語、そして、彼らがその苦痛をそれぞれどう受け止めていくかを観察した物語」、また「何かをあきらめた後の物語」としている。

「作家のことば」の中で「今は、親切な優しい表情で傷つけあう人々の時代であらしい」と述べられているように、「優しい暴力」とは洗練された暴力、行使する人も意識していない暴力だ。それはまた社会に広く行き渡った侮辱の構造の別名でもある。例えば、「ミス・チョと亀と僕」で主人公が働く老人ホームに、入居者用のエレベーターが六台もあるにもかかわらず職員用のものは一台しかないという事実のように。

『マイスウィート　ソウル』から約十年。潑剌たる若い女性の代弁者だったチョン・イヒョンはその間に結婚し、母親になり、四十代の中年になった。その彼女が、現実を受け入れようともがく人々の群像を描きつつ、そこに「優しい暴力」を読み取ったことには、作家の真摯さとともに韓国文学らしいまっすぐさを見る思いである。

以下、個々の作品について補足する。

「ミス・チョと亀と僕」

都市でひっそりと暮らす人間と動物とぬいぐるみの物語。

主人公のイ・ヒジュンが老婦人を呼ぶ呼称が「ミス・チョ」「ミス・チョ女史」「チョ・ウンジャ女史」と揺れるが、そのこと自体が、既存の言葉では表せない二人の関係を語っているのかもしれない。女性の姓に「ミス」をつけるのは一時期、会社の事務員など若い女性に対してよく使われた呼び方で、あまり敬意の感じられる呼称ではない（だからヒジュンは一七ページで「あのおばあさんたちはひどいな」と怒るのだ）。「女史」は社会的地位のある女性だけでなく既婚女性、年長女性を呼ぶ呼称で、ニュアンスとしては「おばさま」くらいの感じだろうか。これらを合わせた「ミス・チョ女史」という呼び方で、主人公はチョ・ウンジャさんの現在と過去をいたわっているのだろう。

ヒジュンの父親は親切なミス・チョに何も言いださず、何もしないことによって彼女を去らせた。それもまた優しい暴力だっただろう。主人公が上司に送ったメッセージ「亡くなったんです、母が」は、ミス・チョがかつて望んだかもしれない未来への贖罪だ。

「何でもないこと」

十代の妊娠と出産に直面して二人の母親は大きなショックを受ける。しかし、仕事・受験・つきあい・クレーム申し立てを含む日常を止めることはできない。二人とも、きわどい打算と激情の間でもがきつづけ、時間制限の中で未熟児の生はなかったことにされてしまう。道はまたかすかにつながった、と思った瞬間に母親の頭上からかぶさってくる青い天蓋は、先取りされた断罪の予感だろうか。

「私たちの中の天使」

「死の契約金」をめぐるサスペンス風の物語だが、結局、何と何が取引されたのかはよくわからない。よしんばすべてがナムウの作り話だったとしても、作り話自体も「優しい暴力」に満ちている。はっきりしているのは、夫婦が長く続く後悔の中で子どもたちを育てていかなければならないということだけだ。タイトル中の「私たち」우리（ウリ）という単語には「檻」という意味の同音異義語もあり、著者によれば両方を指しているそうだ。それを思うとなおさらひやりとするような一編。

「ずうっと、夏」

一種のファンタジーともいえる、忘れがたい青春小説だ。二人の少女が出会うKという国には具体的なモデルはなく、しいていえば著者が旅行で行った東南アジアの島のイメージが重なっているとのこと。

この作品を読んで、映画『ハナ　奇跡の46日間』という映画を思い出した。一九九一年に千葉県で開催された世界卓球選手権大会において、韓国と北朝鮮が史上初の南北統一チームを結成し、女子団体戦で優勝した実話をもとに製作されたものである。

エンドクレジットに、実際に組んだ南北のエース、ヒョン・ジョンファ選手とリ・プニ選手が抱き合って別れを惜しむ写真が挿入されていた。この二人はその後再会の機会がないままだという。南北の少女たちの交流はこのように、現実世界でも、実現しては引き裂かれてきたのである。

ひと夏の成長譚というにはあまりに痛みの多い喪失の物語で、どうしても南北問題に引きつけて読んでしまうが、著者としては「韓国人でも日本人でもコスモポリタンでもない女の子が夏の国に閉じ込められて自分が何者であるかを知る物語」とのこと。なお、この短編は『すばる』二〇一七年十月号の特集「あの子の文学」に斎藤訳により掲載された。この機会に全面的に修正を施した。

「夜の大観覧車」

家長の責任を背負った女性が一瞬、恋を想像して心の弾みを覚えるが、何も起きないまま季節が過ぎていく。「いかなる秘密も目撃したことはない」というようにゆっくりと下降していく観覧車は人生の後半部を生きるけだるさを示唆し、その先の死をうっすらと意識させる。失望を失望とも意識しないよう訓練されたかのようなヤンのあきらめはわびしい。しかし、ラジオ番組に投稿された「人生の苦難と苦痛に耐えるか、受け入れることを決心」した女性たちの声に耳を傾け、励まされる様子には光明が見える。

なお、「ブルーライト・ヨコハマ」は、ある年齢層以上の韓国人は全員知っているのではないかと思われるほど人口に膾炙している。韓国では長らく、日本の大衆文化を持ち込むことが禁止されていたので、海賊盤のレコードが売れに売れたのである。

「引き出しの中の家」

不動産に関する韓国人の情熱はちょっと想像しづらいものがある。「チョンセ」というシステムがあるため、単に賃貸に住むにも多額のお金が動きローンが必要となる。持ち家がない人の生活は苦しいし、住宅取得は資産形成の手段として利用されるので、多くの人が常に不動産価格に関心を持っている。不動産は人生と並走する大人の切実な人生設計であり、一人だけスルーしようとしてもそうはいかない。一方で、まとまったお金を準備できない若者にとっては最初から締め出されたゲームである。

そんな中、事故物件に当たってしまったジン夫婦。そこには不穏な死がうごめくが、崩れたドミノを自分のところで取りつくろって生きていくしかない。大家もジン夫婦も、不動産屋も、気の毒な夫婦からは目をそらし、マンションしか見ていない。引き出しを閉めれば忘れられてしまう風景。

「アンナ」

「優しい暴力」の暴力性を、異なる階級に属する二人の女性の関係を通して描き出す。一九九七年のＩＭＦ危機によっていち早く新自由主義の洗礼を受けた韓国人は、子どもにグローバルな競争力をつけさせたいという欲望に駆り立てられてきた。英語幼稚園の学費は高額だが、早期英語教育は基本と考える親たちにとって、それは必要経費である。なお、キョンの子どもが通う英語幼稚園は英語教室の幼児部だが、普通の幼稚園から派生した英語幼稚園も存在する。

そこに子どもがなじめず悩むキョンにとってアンナは救世主だが、救世主に同情されることは耐えがたい。最後に登場するヨーグルトが、二人の階級差をそっと示している。アンナの属する世界では食品表示などにあまり神経を遣わない。だが、英語幼稚園に子どもを通わせる母親たちの世界においては、即座に抗議すべき問題なのである。実際に賞味期限（韓国では「流通期限」といい、消費者に販売できる期間を指す）が二日程度過ぎていても健康に実害はないだろうから、集団腸炎の理由ははっきりわからないが、キョンはアンナに悪意がなかったことは知っていても、彼女をかばわない。結局アンナは仕事を失い、キョンが何を失ったかはいずれ本人が悟ることになるのだろう。

なお、アンナが二二四ページで「次に住むところの保証金に一千万ウォンかかっちやって」と言っているのは、チョンセの保証金ではない。彼女が住むことにしたのは月極めの賃貸だが、そこに入居するにも最初に保証金が必要なのだ（だがその金額はチョンセの保証金に比べたらずっと安い）。一方、二二四ページに出てくるおばあさんの家はチョンセだったので、ここを引き払うときに返還される保証金は高額である。だが、叔父名義だったので、アンナはもらえない。わかりづらいが、こうした住宅をめぐるお金の事情すべてが貧富の差を語る伏線となっている。

「三豊（サムプン）百貨店」

ボーナストラックとして収録したこの作品は、一九九五年に起きたソウル江南（カンナム）の三豊百貨店の崩壊事故を、十年後に振り返って描いたものである。このデパートは韓国のバブル経済の象徴だったが、安全性を無視した設計変更や手抜き工事によって膨大な犠牲者を出した。

この作品はチョン・イヒョンにとって唯一の自伝的作品だという。彼女自身にとってもこのデパートは幼いころからの思い出の場所だったが、「私の青春は三豊百貨店とともに崩れ去った」と語っている。韓国は八七年に民主化をとげ、経済成長を実現させ、その輝きの中でチョン・イヒョンも青春を謳歌していた。だが、この事故の一年前の九四年にはすでに、同じ江南の聖水（ソンス）大橋がやはり手抜き工事のために突然崩壊する事故が起きている。それに続いた三豊百貨店の大事故は、不吉な予兆を漂わせる出来事だった。そして、二年後の九七年にはＩＭＦ危機が起きて韓国経済は壊滅的な打撃を被る。そこから比較的早期に立ち直ったとはいえ、韓国社会はいまだに、あのときに決定的になった格差社会の深刻化という痛手を抱えている。

主人公は、大学を出たのに仕事が決まらないやるせなさを埋めるためにデパートに入り浸り、かつての同級生Ｒに会う。浮かれる世間とは対照的に何らかの疎外感を抱えて惹かれ合う二人の関係は、崩壊前のビルディングのようにかすかに揺れている。例えばＲは、一日だけアルバイトをすることになった主人公に制服を着せないでくれと必死に上司に頼み込む。Ｒが気にしているのは、販売員などサービス労働従事者をうっすらと軽視する社会の目であり、それがわかっているからこそ主人公も「どうってことないよ」と明るく振る舞う。

なお、二四七ページに出てくる「ソ・テジワアイドゥル」は、韓国の九〇年代を語る上で欠かせないアイコンである。九二年のデビュー以来、ダンスと歌をミックスさせたスタイルに韓国語ラップを取り入れて大成功し、韓国音楽界の革命児となり、現在のＫ－ＰＯＰの源流の一つともいえる。九四年のヒット曲「渤海（パルヘ）を夢見て」は、かつて新羅の北方にあった渤海国を朝鮮民主主義人民共和国になぞらえ、そこに住む友へのメッセージという形で統一への夢を歌い上げたもので、若者たちに圧倒的に支持された。このような熱気を帯びた音楽に夢中だった主人公が就職活動にのめり込めない心情はうなずける。

二六一ページでRが主人公に夜景を見せるシーンでは、彼女が江南ではなく江北（漢江の北の地区）の住民であることがわかる。江南地区は七〇年代以降急速に発展が進み、ビジネスの中心地、富裕層エリアとなった。そこに名門高校がこぞって移転してきたため、豊かで教育熱心な人々がさらに押し寄せたのである。主人公の両親たちもその一例だが、規則により娘を江南の学校に入れることができず、仕方なく、発展に乗り遅れた感のある江北地区のZ女子高校に入れたのだ。そこで出会ったRはおそらく経済的な理由による何らかの事情により、家族と離れ、薄暗い、奥まった一角にある家で一人暮らしをしている。一緒に見る夜景にも、二人の境遇の差が映し出されている。

二六六ページに出てくる詩人、奇亭度（キヒョンド）もまた一九九〇年代のアイコンである。新聞記者として働きながら旺盛に執筆活動を行っていたが、八九年に深夜の映画館で亡くなっているところが発見された。彼の詩には、学生運動にのめりこんで青春時代を通過した直後の空虚さと、それでも残る生への哀切な思いが若者らしい筆致で綴られており、大変な人気を集めていた。私事ながら、九一年の春にソウルに住んでいたとき、ときどき寄っていた中古レコード店の主人が突然、Rが持っていたのと同じ本『口の中の黒い葉』を貸してくれたことを思い出す。

チョン・イヒョンは二〇一三年十二月に、神奈川近代文学館で行われた日韓文化交流イベント「ことばの調べにのせて」に出演し、作家の江國香織・辻原登の両氏と鼎談をしている。その際、「(当時ニュースでは三豊百貨店の崩壊の原因が記事になっていたが)文学をしている人間としては、当時三豊デパートの中に人々が生きていたこと、またその人たちにも友達がいて、彼らを懐かしんでいる、彼らに対する思い出を持っている人がいるということ、そして、残った人としての罪の意識を持っているのではないかということに気づきました。これはまさに社会と文学の関係であり、私は文学をする人間として描く必要があるのではないかと思い、書いたものです」と語った。なお、「三豊百貨店」はきむ　ふな氏の翻訳により、『すばる』二〇一四年四月号に掲載された(先述の江國香織・辻原登両氏との鼎談もここに掲載された)。きむ　ふな氏の深い理解に支えられたこの先行訳が、今回の翻訳にあたって大いに助けとなった。

「三豊百貨店」に如実なように、ここに集められた物語は、さまざまな形の鎮魂歌である。近景・遠景の死、そして永遠の別れや喪失に彩られている。しかしそれらは同時に、何と生の弾力に満ちているのだろう。

そして作業をすべて終える今になって、この短編集のもう一つのテーマは「振り返り」なのかもしれないと思えてきた。昔の恋を、罪の記憶を、会えない友を、わが子を産んだ日を、それぞれが振り返っている。幼稚園児さえ、ふとしたときに、優しかったお姉さんの姿を振り返るのだ。時代の流れが川だとしたら、韓国のそれは日本の二倍、または三倍の激しさ、速さで流れているのだろう。あっという間に流れていってしまう大小の苦悩たち。それはもう目の前にないから、自分の中を振り返るしかない。「小説で世界を学んだのだから、私の道具はただそれだけだ」という著者の言葉をそっと思い出した。

「優しい暴力の時代」ということは、かつてはむき出しの暴力の時代があったということだろう。そして今後はどうなるのだろう。「記録者」としてのチョン・イヒョンがその変化を描きつづけてくれることにひたすら心強さを感じる。

チョン・イヒョンは『優しい暴力の時代』が世に出た直後のインタビューで何度か、「この何年か、社会は悪くなる一方だった」といった意味のことを語っているが、それは、これらが書かれた二〇一三年から一六年が朴槿恵(パククネ)政権の時期とそっくり重なっていることと関係しているかもしれない。その間には、三豊百貨店の悪夢の残酷な再現ともいえるセウォル号事故も起きた。その後韓国社会は大きな変化を経験し、チョン・イヒョンも次のステップに踏み出したようだ。二〇一八年に刊行された『知らないすべての神たちへ』では、ある中学校で起きた暴力事件を通して都市中産層の絶望と希望を陰影深く描き、いっそうの成熟を見せている。今後の執筆活動も、日本への紹介も楽しみな作家である。

編集を担当してくださった竹花進さん、翻訳チェックをしてくださった伊東順子さん、岸川秀実さんに御礼申し上げる。

二〇二〇年七月二十日

斎藤真理子

文庫版訳者あとがき

そうか、もうコロナの時期に入っていたのかと、『優しい暴力の時代』単行本の奥付を見て驚いた。コロナ前だったような気がしていたのだ。

改めて確認したその刊行時期は、二〇二〇年夏。あれからもう三年以上が経った。この三年間、時間は何と奇妙な具合にねじれて進行したことだろう。何がいつ起きたのかぱっと思い出せず、前後関係が混乱する。そして今、「優しい暴力の時代」という言葉はいっそうしっくりとなじんでしまったような気がする。韓国の作家が二〇一六年に短編集を編むときに選んだ言葉が、七年という時間を飛び越えて染みてくる。

最寄駅のそばの信号のあたりに、飲食物の配達員の人たちが集まるスポットがある。何人もの人が情報交換しながら待機する姿は、以前にはなかったものだ。さらに少し歩いてバス停に向かうと、ガールズバーの従業員の人たちが店名を書いたプレートを持って立っている。そこを通るとき「優しい暴力の時代」という言葉が思い出される。みんなしゃんとして立って、いつでも機敏に対応できるように備えている。人々は前を向いて耐えている。ひたひたと足元を上ってくる優しい暴力に耐えている。

優しい暴力の中で、何かを与えられ、奪われ、そして奪われたところからまた何かを手にして生きはじめる。本書に集められた短編小説は、ひりひりするようなその過程をつぶさに描いたものだ。思いがけず巡り会った大切な人はあっという間に去ってしまい、形見やプレゼントや手紙が残る。子に裏切られたかのような怒りも、ぞっとするような計画も、人を想うことの昂りも、突然に主人公たちの生活を揺るがし、錯綜した感情を残して通過する。

河出書房新社の竹花進さんが、単行本の帯のために「希望も絶望も消費する時代の／生活の鎮魂歌」というコピーを考えてくださった。「生活の鎮魂歌」はこの本にぴったりだ。多くの人が、『優しい暴力の時代』の中の主人公たちに思いを寄せ、大事に読んでくださったが、それは、この本の奥で鎮魂歌が響いていたからだと思う。「引き出しの中の家」と「アンナ」では、家と教育に投資して韓国社会を生き抜く大人の約束ごとが描かれる。その中で主人公たちは、わかっていながら人の痛みを無視する、あるいはそれを踏んで通り過ぎる。そのとき鎮魂歌は自分ののどに刺さって抜けない棘となるのかもしれない。

　ボーナストラックとして入れた「三豊（サムプン）百貨店」は、日本では二〇二〇年に公開されて好評を得た韓国映画、『はちどり』（キム・ボラ監督）と重なるところが多い。三豊百貨店崩壊事故の前年である一九九四年、ソウルの中心部を流れる漢江に架かった聖水（ソンス）大橋の中央部分が、四十八メートルにもわたって突然崩落した。通学途中の女子中高生などバスの乗客や、車で出勤中だった人たち、合わせて三十二人が死亡する大事故だった。原因は三豊百貨店と同じく、手抜き工事である。『はちどり』の主人公ウニも、心の支えだった年長の女性をこの事故で失う。

「三豊百貨店」も『はちどり』も、九〇年代中盤、韓国経済が見る見る成長する中で寄り添っていた二人の女性の物語だ。いずれも一人が亡くなり、もう一人は哀悼の中で一歩を踏み出す。この人たちが踏み出して向かった未来が、コロナを経験した、私たちが生きている今なのだ。

　優しい暴力の時代に、生活の鎮魂歌を歌う。それは小声のハミングで、ちょっとしたことでも音程がはずれてしまう。けれどもすぐに戻ってくる。「夜の大観覧車」の主人公ヤンは、気に入っていたラジオ番組の司会者が変わってちょっとがっかりするが、十分ぐらい聴いてみて、新しい司会者も「悪くない」と感じる。そんなふうに小さく小さくチューニングしながら生きていき、いつかヤン自身が哀悼される側に回るだろう。朝礼の時間に「一年間、頑張ってみよう」と生徒たちに声をかけるヤン。その声は、本を閉じてもこだまする。

読んでくださったすべての皆さんと、すばらしい解説を寄せてくださった西加奈子さんに御礼申し上げる。

なお、二〇二一年には長編『きみは知らない』（橋本智保訳、新泉社）も邦訳刊行され、日本のチョン・イヒョンファンはさらに増えつづけている。

二〇二三年十一月十日

斎藤真理子

解説

西加奈子

過去を思い出すのは、人間だけなのだろうか。

人間以外として生きてきた経験がないから想像には限界があるし、「人間だけ」、という言葉は、それがどんな状況であれ傲慢になってしまう。それでも、どうしてもそう考えてしまうのは、思い出すという行為に、痛みが伴うからだ。

言ってしまったこと、言えなかったこと、もう会えない人。それがたとえ、甘やかな記憶を孕んでいたとしても、不可逆であるが故に、過去はいつだって遠く、寂しい。痛むことが分かっていて、それでも思い出してしまうのはどうしてなのだろう。この痛みと引き換えに、私たちは「思い出すこと」から、何を得ているのだろう。

チョン・イヒョンの『優しい暴力の時代』は、痛みについて書かれている。そんな風に断言してしまうことをためらわないほど、この作品は痛みと共にある。一撃で認識できるような、鮮烈な痛みではない。著者曰く「礼儀正しく握手をするために手を握って離すと、手のひらが刃ですっと切られている」ような傷が、そこかしこにある。どれだけ細くても、それは傷だ。当然、痛む。薄く血も出るだろう。だが、明確な悪意や暴力の果てに負った傷ではないがために、登場人物たちは声を上げて怒ることも、全力で抗うこともできない。

例えば「ミス・チョと亀と僕」のヒジュンや、「夜の大観覧車」のヤンの痛みは、言葉と共に呑み込まれ、静かに透明化されてゆく。

夜がふけても、霊安室の廊下の蛍光灯の明かりは真昼のように明るかった。トイレの前の共用の休憩室では、黒い服を着た人たちが疲れた表情を隠しもせずに、目を閉じて座っていた。僕はトイレでずっとずっと手を洗った。自分はまだ泣いていない、と気がついた。

（「ミス・チョと亀と僕」）

何年かがぐんぐんと過ぎていく間、幸せになりたいとは思っていなかった。そんな暇はなかった。飼い主がこっそり棄てていった幼い家畜のように、生き残るために生きた。意思に先立つ本能だった。

（「夜の大観覧車」）

ある人が、現在は「弱者のターン」だと言っていた。

これまで、あたかもいないものとされてきた存在や聞かれなかった声、カウントされなかった傷たちを、この世に存在させ、声をあげさせ、痛みとして認識する、そんな時代なのだと。それはもちろん、とても重要なことだ。可視化されなかったあらゆる傷は今、はっきりとした輪郭を持って立ち現れ、私たちに過去との対峙を、そして強い思考を促す。

この小説に登場する人たちも、彼女たち自身が弱いのではなく、あらゆるバックラウンドや状況から、たまたま弱い立場に置かれている、という点においては弱者だろう。つまり強者（と言われるものがいるならば）も、たまたま社会的に優遇された立場にあるだけで、彼ら自身が強いわけではない（その証拠に、彼らは度々、己の「力」を誇示しようとするではないか）。

ではこの小説は、弱者の声を代弁しているのだろうか。彼女たちの声を可視化し、強く存在させ、読者である私たちに、何らかの強い思考を促すものなのだろうか。私は、そうは思わない。

この小説の美しさは、透明化された傷を透明なまま描いていることにあると思う。

弱さ、強さ、立場、姿勢、様々な要因で傷を負った人たちのその痛みを叫ぶのではなく、その傷の分だけの声を出している。まるで著者自身が、登場人物たちのプライバシーを、その小さな世界を、全力で守ろうとしているかのように、痛みに着色を施さず、形を与えず、透明なまま描いている。それを可能にしている著者の文体の静けさは、時々息を呑むほど切実で、美しい。

問題がはっきりと目に見えているとき、人は原因を取り除こうとする。でも、必ずしも全員がそうではない。ある人はひっそりと部屋に身をひそめてドアを閉め、鍵をかける。人生が常に、一瞬一瞬の闇を突破しつつ前進する苦難の旅路である必要はないじゃない。そういう考え方をするという点で、私は確かに彼女の娘だった。

（「ずうっと、夏」）

彼女が平然と説明するのを聞いていると、これは巨大なドミノ倒しであり、自分たちはわけもわからずその中間にはさまれたドミノのコマみたいなものだと思えてきた。最後にはみんな一緒に、後ろの人の肩に押され、前の人の肩につかまったままで倒れるのだろう。すーっと折り重なって転ぶのだろう。

（「引き出しの中の家」）

人間には人間が必要だ。恨むために、欲望するために、打ち明けるために。

（「アンナ」）

リエも、ジンも、キョンも、彼女たちの身体で自発的に発生した暴力の中で生きていない。彼女たちに暴力を手渡した（あるいはジンの言う通り、ドミノ倒しのように）誰かも、やはり誰かから手渡された暴力を受け取って生きている。出自がわからない暴力はその分だけ強く、根深い。解決する、という言葉自体がまやかしだと思えるほどに。

そしてもちろん、傷ついた誰かは、誰かにその暴力を手渡す側にもなる。「何でもないこと」のジウォンは未成熟で生まれてきた娘の赤ん坊の死を望み、「私たちの中の天使」のミジは、恋人による殺人に加担することを決意する。

ジウォンの両腕が子どもの背中に回された。抱きしめようとしているのか、殴りつけようとしているのか、自分でも判別がつかなかった。

（「何でもないこと」）

私がしばらく片方の目をそらしていようと、世の中には何事も起きはしない。またもや断罪が猶予されたことに私は安堵し、絶望した。劇的な破局が迫っているなら、償いも救いも遠くはないだろうに。

（「私たちの中の天使」）

暴力と痛みの連鎖の中で、彼女たちに共通していることは、彼女たちの生だ。彼女たちが何かに傷つくとき、彼女たちが暴力に加担するとき、彼女たちは生きている。生きているから傷つき、生きているから傷つける。

この作品集は、斎藤真理子さんが編纂された、日本だけのエディションだそうだ。その中に著者の初期作品である「三豊（サムプン）百貨店」が入っていることは、とても意味のあることではないだろうか。著者にとって「唯一の自伝的作品」であるというこの短編の主人公は、友人であるRを、歴史的事故で亡くしている。主人公は文中で語りはしないが、何度も自問しただろう。崩壊のほんの十分前に百貨店を出た自分が、どうして死を免れたのか。どうして生き残ったのが、Rではなく自分だったのか。そしてそれはそのまま、チョン・イヒョンという作家の創作的態度と繋がっているように思う。

自分はどうして生きているのか。

生者と死者の間に、明確な違いはない。被害者と加害者の間に、明確な違いがないように。あるいはまた、弱者と強者の間に明確な違いがないように。私たちは時に被害者になり、加害者になり、傷を負う者になり、傷を与える者になる。あらゆる偶然や曖昧な基準で何者かになった私たちが、この世界で生きている。その不可避で、ほとんど暴力的な（そう、「優しい暴力」と言っていい）奇跡の中で、私たちは何かに手を伸ばす。それは未来かもしれないし、過去かもしれない。

「思い出すこと」には痛みを伴う。その痛みは、生者のものだ。思い出すことができるのは、そして痛むことができるのは、たまたま今生きている人間だけだからだ。ならばその痛みは、そのまま生の痛みとしてそこにある。私たちは思い出すことと引き換えに何かを得ているのではない。思い出す行為それ自体で痛みを、つまり生を確認しているのだ。

チョン・ヨンという作家は、これからも痛みを書くだろう。それは時に、私たちの胸を詰まらせ、目を瞑らせるだろう。だからこそ、私たちは生きている。

（作家）

本書は二〇二〇年に小社より刊行された単行本に若干の修正を行い、「文庫版訳者あとがき」と「解説」を加えて文庫化したものです。

優しい暴力の時代

二〇二四年 二 月一〇日 初版印刷
二〇二四年 二 月二〇日 初版発行

著 者 チョン・イヒョン
訳 者 斎藤真理子
発行者 小野寺優
発行所 株式会社河出書房新社
〒一五一-〇〇五一
東京都渋谷区千駄ヶ谷二-三二-二
電話〇三-三四〇四-八六一一（編集）
〇三-三四〇四-一二〇一（営業）
https://www.kawade.co.jp/

ロゴ・表紙デザイン 粟津潔
本文フォーマット 佐々木暁
本文組版 KAWADE DTP WORKS
印刷・製本 TOPPAN株式会社

Printed in Japan ISBN978-4-309-46795-5

こびとが打ち上げた小さなボール

チョ・セヒ　斎藤真理子〔訳〕　46784-9

韓国で300刷を超えるロングセラーにして、現代の作家たちから多大なリスペクトを受ける名作。急速な都市開発をめぐり、極限まで虐げられた者たちの、千年の怒りが渦巻く祈りの物語。

すべての、白いものたちの

ハン・ガン　斎藤真理子〔訳〕　46773-3

アジア初のブッカー国際賞作家による奇蹟の傑作が文庫化。おくるみ、産着、雪、骨、灰、白く笑う、米と飯……。朝鮮半島とワルシャワの街をつなぐ65の物語が捧げる、はかなくも偉大な命への祈り。

あなたのことが知りたくて

チョ・ナムジュ／松田青子／デュナ／西加奈子／ハン・ガン／深緑野分／イ・ラン／小山田浩子 他　46756-6

ベストセラー『82年生まれ、キム・ジヨン』のチョ・ナムジュによる、夫と別れたママ友同士の愛と連帯を描いた「離婚の妖精」をはじめ、人気作家12名の短編小説が勢ぞろい！

黄金の少年、エメラルドの少女

イーユン・リー　篠森ゆりこ〔訳〕　46418-3

現代中国を舞台に、代理母問題を扱った衝撃の話題作「獄」、心を閉ざした四〇代の独身女性の追憶「優しさ」、愛と孤独を深く静かに描く表題作など、珠玉の九篇。O・ヘンリー賞受賞作二篇収録。

さすらう者たち

イーユン・リー　篠森ゆりこ〔訳〕　46432-9

文化大革命後の中国。一人の若い女性が政治犯として処刑された。物語はこの事件に否応なく巻き込まれた市井の人々の迷いや苦しみを丹念に紡ぎ、庶民の心を歪めてしまった中国の歴史の闇を描き出す。

千年の祈り

イーユン・リー　篠森ゆりこ〔訳〕　46791-7

個人とその背後にある中国の歴史、文化、神話、政治が交差し、驚くほど豊かな10編の物語を紡ぎ出す。デビュー作にしてフランク・オコナー国際短篇賞ほか、名だたる賞を数々受賞した傑作短編集。

歩道橋の魔術師

呉明益　天野健太郎〔訳〕　46742-9

1979年、台北。中華商場の魔術師に魅せられた子どもたち。現実と幻想、過去と未来が溶けあう、どこか懐かしい極上の物語。現代台湾を代表する作家の連作短篇。単行本未収録短篇を併録。

突囲表演

残雪　近藤直子〔訳〕　46721-4

若き絶世の美女であり皺だらけの老婆、煎り豆屋であり国家諜報員——X女史が五香街（ウーシャンチェ）をとりまく熱愛と殺意の包囲を突破する！世界文学の異端にして中国を代表する作家が紡ぐ想像力の極北。

中国怪談集

中野美代子／武田雅哉〔編〕　46492-3

人肉食、ゾンビ、神童が書いた宇宙図鑑、中華マジックリアリズムの代表作、中国共産党の機関誌記事、そして『阿Q正伝』。怪談の概念を超越した、他に類を見ない圧倒的な奇書が遂に復刊！

東欧怪談集

沼野充義〔編〕　46724-5

西方的形式と東方的混沌の間に生まれた、未体験の怪奇幻想の世界へようこそ。チェコ、ハンガリー、マケドニア、ルーマニア……の各国の怪作を、原語から直訳。極上の文庫オリジナル・アンソロジー！

ロシア怪談集

沼野充義〔編〕　46701-6

急死した若い娘の祈禱を命じられた神学生。夜の教会に閉じ込められた彼の前で、死人が棺から立ち上がり……ゴーゴリ「ヴィイ」ほか、ドストエフスキー、チェーホフ、ナボコフら文豪たちが描く極限の恐怖。

フランス怪談集

日影丈吉〔編〕　46715-3

奇妙な風習のある村、不気味なヴィーナス像、死霊に憑かれた僧侶、ミイラを作る女たち……。フランスを代表する短編の名手たちの、怪奇とサスペンスに満ちた怪談を集めた、傑作豪華アンソロジー。

イギリス怪談集

由良君美〔編〕 46491-6

居住者が次々と死ぬ家、宿泊者が連続して身投げする蒸気船の客室、幽霊屋敷で見つかった化物の正体とは——。怪談の本場イギリスから傑作だけを選んだアンソロジーが新装版として復刊！

アメリカ怪談集

荒俣宏〔編〕 46702-3

ホーソーン、ラヴクラフト、ルイス、ポオ、ブラッドベリ、など、開拓と都市の暗黒からうまれた妖しい魅力にあふれたアメリカ文学のエッセンスを荒俣宏がセレクトした究極の怪異譚集、待望の復刊。

ドイツ怪談集

種村季弘〔編〕 46713-9

窓辺に美女が立つ廃屋の秘密、死んだはずの男が歩き回る村、知らない男が写りこんだ家族写真、死の気配に覆われた宿屋……黒死病の記憶のいまだ失せぬドイツで紡がれた、暗黒と幻想の傑作怪談集。新装版。

ラテンアメリカ怪談集

ホルへ・ルイス・ボルヘス他　鼓直〔編〕 46452-7

巨匠ボルヘスをはじめ、コルタサル、パスなど、錚々たる作家たちが贈る恐ろしい15の短篇小説集。ラテンアメリカ特有の「幻想小説」を底流に、怪奇、魔術、宗教など強烈な個性が色濃く滲む作品集。

黄色い雨

フリオ・リャマサーレス　木村榮一〔訳〕 46435-0

沈黙が砂のように私を埋めつくすだろう——スペイン山奥の廃村で朽ちゆく男を描く、圧倒的死の予感に満ちた表題作に加え、傑作短篇「遮断機のない踏切」「不滅の小説」の二篇を収録。

楽園への道

マリオ・バルガス=リョサ　田村さと子〔訳〕 46441-1

ゴーギャンとその祖母で革命家のフローラ・トリスタン。飽くことなく自由への道を求め続けた二人の反逆者の激動の生涯を、異なる時空を見事につなぎながら壮大な物語として描いたノーベル賞作家の代表作。

ガルシア=マルケス中短篇傑作選

G・ガルシア=マルケス　野谷文昭〔編訳〕　46754-2

「大佐に手紙は来ない」「純真なエレンディラと邪悪な祖母の信じがたくも痛ましい物語」など、世界文学最高峰が創りだした永遠の物語。著者の多面的な魅力を凝縮した新訳アンソロジー。

フリアとシナリオライター

マリオ・バルガス=リョサ　野谷文昭〔訳〕　46787-0

天才シナリオライターによる奇想天外な放送劇と、「僕」と叔母の恋。やがてライターの精神は変調を来し、虚実は混淆する……ノーベル文学賞作家の半自伝的スラップスティック青春コメディ。解説＝斉藤壮馬

短くて恐ろしいフィルの時代

ジョージ・ソーンダーズ　岸本佐知子〔訳〕　46736-8

脳が地面に転がるたびに熱狂的な演説で民衆を煽る独裁者フィル。国民が６人しかいない小国をめぐる奇想天外かつ爆笑必至の物語。ブッカー賞作家が生みだした大量虐殺にまつわるおとぎ話。

青い脂

ウラジーミル・ソローキン　望月哲男／松下隆志〔訳〕　46424-4

七体の文学クローンが生みだす謎の物質「青脂」。母なる大地と交合するカルト教団が一九五四年のモスクワにこれを送りこみ、スターリン、ヒトラー、フルシチョフらの大争奪戦が始まる。

親衛隊士の日

ウラジーミル・ソローキン　松下隆志〔訳〕　46761-0

2028年に復活した帝国では、親衛隊士たちが特権を享受している。貴族や民衆への暴力、謎の集団トリップ、真実を見通す点眼女、蒸風呂での奇妙な儀式。ロシアの現在を予言した傑作長篇。

闘争領域の拡大

ミシェル・ウエルベック　中村佳子〔訳〕　46462-6

自由の名の下に、人々が闘争を繰り広げていく現代社会。愛を得られぬ若者二人が出口のない欲望の迷路に陥っていく。現実と欲望の間で引き裂かれる人間の矛盾を真正面から描く著者の小説第一作。

ある島の可能性

ミシェル・ウエルベック　中村佳子〔訳〕　46417-6

辛口コメディアンのダニエルはカルト教団に遺伝子を託す。2000年後ユーモアや性愛の失われた世界で生き続けるネオ・ヒューマンたち。現代と未来が交互に語られるSF的長篇。

プラットフォーム

ミシェル・ウエルベック　中村佳子〔訳〕　46414-5

「なぜ人生に熱くなれないのだろう？」――圧倒的な虚無を抱えた「僕」は父の死をきっかけに参加したツアー旅行でヴァレリーに出会う。高度資本主義下の愛と絶望をスキャンダラスに描く名作が遂に文庫化。

服従

ミシェル・ウエルベック　大塚桃〔訳〕　46440-4

二〇二二年フランス大統領選で同時多発テロ発生。極右国民戦線のマリーヌ・ルペンと、穏健イスラーム政党党首が決選投票に挑む。世界の激動を予言したベストセラー。

セロトニン

ミシェル・ウエルベック　関口涼子〔訳〕　46760-3

巨大化学企業を退職した若い男が、過去に愛した女性の甘い追憶と暗い呪詛を交えて語る現代社会への深い絶望。白い錠剤を前に語られる新たな予言の書。世界で大きな反響を呼んだベストセラー。

鉄の時代

J・M・クッツェー　くぼたのぞみ〔訳〕　46718-4

反アパルトヘイトの嵐が吹き荒れる南アフリカ。末期ガンの70歳の女性カレンは、庭先に住み着いたホームレスの男と心を通わせていく。差別、暴力、遠方の娘への愛。ノーベル賞作家が描く苛酷な現実。

インドへの道

E・M・フォースター　小野寺健〔訳〕　46767-2

大英帝国統治下のインドの地方都市を舞台に、多様な登場人物の理解と無理解を緻密に描き、人種や宗教、東洋と西洋、支配と非支配といった文化的対立を、壮大なスケールで示した不朽の名作。

白の闇

ジョゼ・サラマーゴ　雨沢泰〔訳〕　46711-5

突然の失明が巻き起こす未曾有の事態。「ミルク色の海」が感染し、善意と悪意の狭間で人間の価値が試される。ノーベル賞作家が「真に恐ろしい暴力的な状況」に挑み、世界を震撼させた傑作。

コン・ティキ号探検記

トール・ヘイエルダール　水口志計夫〔訳〕　46385-8

古代ペルーの筏を複製して五人の仲間と太平洋を横断し、人類学上の仮説を自ら立証した大冒険記。奇抜な着想と貴重な体験、ユーモラスな筆致で世界的な大ベストセラーとなった名著。

ロード・ジム

ジョゼフ・コンラッド　柴田元幸〔訳〕　46728-3

東洋の港で船長番として働く男を暗い過去が追う。流れ着いたスマトラで指導者として崇められるジムは何を見るのか。『闇の奥』のコンラッドが人間の尊厳を描いた海洋冒険小説の最高傑作。

ロビンソン・クルーソー

デフォー　武田将明〔訳〕　46362-9

二十七歳の時に南米の無人島に漂着した主人公が、自己との対話を重ねながら、工夫をこらして農耕や牧畜を営んでいく。近代的人間の原型として、多様なジャンルに影響を与えた古典的名作を読みやすい新訳で。

失われた地平線

ジェイムズ・ヒルトン　池央耿〔訳〕　46708-5

正体不明の男に乗っ取られた飛行機は、ヒマラヤ山脈のさらに奥地に不時着する。辿り着いた先には不老不死の楽園があったのだが——。世界中で読み継がれる冒険小説の名作が、美しい訳文で待望の復刊！

パタゴニア

ブルース・チャトウィン　芹沢真理子〔訳〕　46451-0

黄金の都市、マゼランが見た巨人、アメリカ人の強盗団、世界各地からの移住者たち……。幼い頃に魅せられた一片の毛皮の記憶をもとに綴られる見果てぬ夢の物語。紀行文学の新たな古典。

ハイファに戻って／太陽の男たち

ガッサーン・カナファーニー　黒田寿郎／奴田原睦明〔訳〕　46446-6

二十年ぶりに再会した息子は別の家族に育てられていた——時代の苦悩を凝縮させた「ハイファに戻って」、密入国を試みる難民たちのおそるべき末路を描いた「太陽の男たち」など、不滅の光を放つ名作群。

パピヨン　上

アンリ・シャリエール　平井啓之〔訳〕　46495-4

無実の殺人罪で仏領ギアナ徒刑所の無期懲役囚となったやくざ者・パピヨン。自由への執念を燃やし脱獄を試みる彼の過酷な運命とは。全世界に衝撃を与え未曾有の大ベストセラーとなった伝説的自伝。映画化。

パピヨン　下

アンリ・シャリエール　平井啓之〔訳〕　46496-1

凄惨を極める仏領ギアナ徒刑所からの脱走を試みるパピヨンは、度重なる挫折と過酷な懲罰に耐え、ついに命を賭けて海に身を投げる——。自由を求める男の不屈の精神が魂を揺さぶる、衝撃的自伝。映画化。

服従の心理

スタンレー・ミルグラム　山形浩生〔訳〕　46369-8

権威が命令すれば、人は殺人さえ行うのか？　人間の隠された本性を科学的に実証し、世界を震撼させた通称〈アイヒマン実験〉——その衝撃の実験報告。心理学史上に輝く名著の新訳決定版。

帰ってきたヒトラー　上

ティムール・ヴェルメシュ　森内薫〔訳〕　46422-0

2015年にドイツで封切られ240万人を動員した本書の映画がついに日本公開！　本国で250万部を売り上げ、42言語に翻訳されたベストセラーの文庫化。現代に甦ったヒトラーが巻き起こす喜劇とは？

帰ってきたヒトラー　下

ティムール・ヴェルメシュ　森内薫〔訳〕　46423-7

ヒトラーが突如、現代に甦った！　抱腹絶倒、危険な笑いで賛否両論を巻き起こした問題作。本書原作の映画がついに日本公開！　本国で250万部を売り上げ、42言語に翻訳されたベストセラーの文庫化。